那一湖清泉

王正英 著

光明日报出版社

图书在版编目（CIP）数据

那一湖清泉 / 王正英著 . -- 北京：光明日报出版
社，2020.5（2022.4 重印）
ISBN 978 - 7 - 5194 - 5048 - 9

Ⅰ. ①那… Ⅱ. ①王… Ⅲ. ①散文集—中国—当代
Ⅳ. ①I267

中国版本图书馆 CIP 数据核字（2019）第 274992 号

那一湖清泉

NA YIHU QINGQUAN

著　　者：王正英

责任编辑：曹美娜　黄　莺　　　　　责任校对：肖晓庆
封面设计：中联学林　　　　　　　　责任印制：曹　净

出版发行：光明日报出版社
地　　址：北京市西城区永安路 106 号，100050
电　　话：010-63139890（咨询），010-63131930（邮购）
传　　真：010 - 63131930
网　　址：http：// book. gmw. cn
E - mail：gmrbcbs@ gmw. cn
法律顾问：北京市兰台律师事务所龚柳方律师

印　　刷：三河市华东印刷有限公司
装　　订：三河市华东印刷有限公司
本书如有破损、缺页、装订错误，请与本社联系调换，电话：010-63131930

开　　本：170mm×240mm
字　　数：206 千字　　　　　　　　印　张：14
版　　次：2020 年 5 月第 1 版　　　　印　次：2022 年 4 月第 2 次印刷
书　　号：ISBN 978 - 7 - 5194 - 5048 - 9
定　　价：58. 00 元

目　录
CONTENTS

追梦者的足迹（代序）

——谈王正英其人其事其文

罗孟冬/文

每个人都有梦，而且不同时期有不同的梦。然而有的人为了儿时自己的梦，终生不悔地去追求，即使磕磕碰碰，即使弯弯曲曲，即使不懈努力，圆梦仿佛还有些路要走，但这种执着与追求是值得我们尊敬的。

一

三年前的一个上午，我的一个文友，资阳区作家协会副主席夏汉青打电话给我："孟冬，在学校吗？"

"在啊，有何贵干?!"我对这个快五十岁仍然像 20 世纪 80 年代的热血文学青年般的中年汉子颇有好感，笑着问他。

"我有一个同学的妹妹在你们学院，文笔很不错，我带她来和你见个面。"到底是文学界当领导的，时刻不忘提携和培养文学新人。他显然有点像唐·吉诃德先生，对于写作，他像挑战风车一样，又滑稽又悲壮。虽然他是"毛院"某期的学员，虽然他发表过 N 篇或长或短的小说和散文，虽然他曾经走进大学讲台和中小学教室传经布道，虽然他和地级市的一些文学大家称兄道弟，喝酒时耍赖被人嘲笑，可毕竟今天的文坛早已不是一方净土。"问今是何世，乃不知有汉，无论魏晋"[1]，他竟然毫不在意，依然我行我素得那般洒脱和可爱。

他是一个理想主义者。其实，今天于文学爱好，似乎是作者和读者之间存在的一种并非默契的协议。根据这种协议，前者是病人，后者是看护。如若就权贵而言，那么则前者，好多是请人捉笔，而后者呢，大多是装点门面。

现如今，在综艺、网剧、游戏等娱乐产品的冲击之下，传统的文学作品面临着不小的挑战。不难发现：20 世纪 50 年代的人读茅盾、巴金、郭沫若；60 年代的人读浩然、姚雪垠、杨沫；70 年代的人读刘心武、王蒙、张扬；80 年代的人读金庸、梁羽生、古龙；90 年代的人读贾平凹、梁晓声、池莉、方方。有媒体报道：不久前一位网友发表的这样一条微博——"20 年前的孩子读余华、苏童，10 年前的孩子读韩寒、郭敬明，现在的孩子压根就不读书了"，就得到了大量转发和评论。这条微博引发广泛关注，还出现了与近来热议的"消费降级"话题相应的"阅读降级"一说。一些业内人士认为，如今国民在阅读选择上日益趋向功利化、鸡汤化、碎片化，真正有价值的文学类作品正在渐渐失去市场。

文坛确实如此，此一时彼一时。不过，我不敢泼汉青这个热心人的冷水，难得有人守住一方纯洁的土地，矢志不渝。他对我来说，可敬可佩。我也喜欢他的可爱。谁叫他知道我的行事风格同样是"喜一杯美酒，爱几卷酸文"的古董和在市场经济下的不开窍呢。

"在编辑部吧？"

"是的。"

"那我马上就来。"

这个"马上"，一等就是两个多小时。当带着一身泥土气息的他风尘仆仆推开我的办公室，我有些笑了。十月的天气，虽然有点凉，人家一般穿两件衣服，他却外穿一件羽绒衣，内着桃子领毛线衣，毛线衣高高地扎在裤腰上，活脱脱一个土地主形象。在城市里，这种打扮，无异于中学教科书中那个教馋嘴小孩子茴香豆的"茴"字有多种写法的先生。

他不知道我为何笑，我也知道自己如果笑他的装扮有失礼节。于是乎一番客套话。接着他便介绍起跟他前后脚进来的一位女士。

"王正英，我同学的妹妹，你们学院的老师，爱好文学。"简单明了的介绍，丝毫没有他穿戴的那样臃肿。

"你好，教授！"衣着得体，个子高挑，大方而不失文雅的她和我打招呼。

"你好！"

"这是我带学生去徽州写生后写作的一篇文章《走进徽州，放飞梦想》，请教授批评指教。"王正英拿出手中的文稿有些腼腆地对我说。

"我学习吧。"

"你要多关心关心，人家还在读初中的时候就在《益阳日报》上发表过散文呢。"汉青对文学缪斯痴情，好像天底下的人都像他一样痴情文学，开始喋喋不休介绍他读中学时创办文学刊物，他的这个同学妹妹当年是文学粉丝，表现得如何如何好，云云。

我像小学生一样认真听他的一通介绍，他生怕遗漏对推荐者任何熟知的点点滴滴，从个人成长、工作履历、为人处世、家庭关系、社交背景，直到家庭住址……我没有插话，面带微笑，恭听他的详细说明。王老师在交给我她的作品后则一言不发地帮着端茶递水，然后坐在沙发上，偶尔说上一两句。

二

由于汉青的介绍，加上王正英老师经常拿出她的新作品给我欣赏，慢慢地我对王老师熟悉起来。

讲老实话，在消费主义主导盛行的这个"手机社会"里，人们能够静下心来欣赏和写作真的很难得。在首都师范大学文化研究院的主办下，知名批评家、作家、文化研究者李陀曾经在北京做了一场主题为《四十年来中国：时代变迁中的思想立场》的演讲。[2]他在演讲时说："可能年纪大一点的人都还记得，在80、90年代的时候流行一个说法。彼此见面都问：如果你去一个孤岛你带哪一本书？有人说带金庸的作品，还有很多人说带杜拉斯的《情人》，还有人说带《茶花女》。现在我问一个年轻人带什么书，她说带一个手机，还有一个充电宝就可以了，我什么书也不带。这个让我也很感慨。"

李陀先生说的是大实话，大真话。现在，无论你在何时何地，不论是年轻人，还是小孩、中老年人，都是手机族。飞机、汽车、地铁里，公园、街道、休闲场所，乃至课堂、办公室、家里，低头族随处可见。就连吃饭，也是坐在那儿看自己的手机，哪怕是有长辈在场；在床上，即使有一个异性伴侣躺在身边，也还是看手机。这个阅读现象使文化形态发生了很大的变化。现在不只是古今中外名著、金庸不再被人阅读，不只是王小波不被人关注，也不只是韩寒从人们的眼中消失，人们甚至已经不再阅读。这并非危言耸听，而是实实在在、不可否认的社会现象，现在很多人生活在手机的孤岛上。

难得有人请我看文学作品，而且是自己写的。何况单位数百个老师，写文学作品让我看的，真正是凤毛麟角，王老师就是凤毛麟角。她写的文学作品，大多正规地用纸打印出来，但有时候也发电子邮箱，不过极少发在手机上让我看。

在与她的闲聊中，我了解到除了汉青的介绍外，她的心中其实一直有一个作家梦。作家梦的萌芽，源于当年读初中时刘春来在《益阳日报》做"桃花江"副刊编辑的那段日子。她说，那个时候作为一个初中生，根本不认识已经大名鼎鼎的小说家刘春来。她只是听语文老师怀着敬佩的心，向他们这些小女生、小男生介绍过他的文学创作成绩。因为，在乡下会写文章的人，一般都是被人尊敬的，何况在当时他们的心中，小说家那可是下不得地的高人，而且当时的春来已经是湖南小说界的"五小虎"之一。乳虎啸谷，大有咆哮山林之势。她的投稿，也根本没有想到会被刘春来老师刊用。很多年后，当她第一次见到已经是市文联副主席、国家一级作家的刘春来时，还是怀着感谢的心，旧事重提，使得行事低调的春来忙说："不记得了，不记得了！"虽不善于饮酒，仍猛喝一大口酒，像个关公一般来遮掩这个当年崇拜者满眼星星的尴尬。

王老师当过中学老师、中专老师，现在又在高校工作，虽然工作繁重，但她对作家梦一直痴心不改，很勤奋，笔耕不辍。每三五天就会有一文或者一诗问世，可以称得上高产。她说这是练笔。其内容多是情感的抒发，生活的记趣，对大好河山的描写。手机微信、微博、公众号是她发表作品的主要平台，当然不时有文学作品见诸传统纸质媒体，如《益阳城市报》《益阳日报》《楚风》《短小说选刊》等。

　　她说在益阳她有很多偶像，像刘春来、裴建平的小说，张吉安、龚立华的散文，邹岳汉、明德的散文诗，郭辉、黄曙辉的自由诗，邓降中、刘庆安、许山久的近体诗。她毫不忌讳说自己是这些名人的粉丝。

　　这是可敬的。"胜我者，我师之，仍不失为起予之高足；类我者，我友之，亦不愧为攻玉之他山。"[3]她的偶像，很多常常是她的座上宾。其实有时候我也常常反思，一个人的满足，并不仅仅是财富和地位。有如切如磋的朋友，有谈笑有鸿儒的老师，有永动常新的逐梦初心，这才是活得有滋有味的感觉。

　　于文学，她像一个虔诚的信徒，跋涉在行进的路上，记载日月的生活，用心灵的善良，感知春草、夏花、秋叶的脉搏和悸动。

三

　　有付出，就有回报。功夫不负有心人。日前，王老师的四辑散文集《那一湖清泉》即将出版面世，这是她多年散文创作的集大成。翻看她的四辑长卷，我在佩服之余，谈点对作品的感想。

　　王老师是一个对文学怀着高度敬意的人。从她笔下的一切形象，字里行间跳跃的文字中，都可以看出她写作态度是十分认真而严肃的。

　　我们知道，文学是一门语言文字的艺术。文学作品通过文字将作者体验过的感情传达给受众，便受众产生审美的愉悦。而且，作者体验的过程是自由的。我们在她的"亲情天伦""人生旅途"两辑文章里，看到的是她生活中经历和感悟的一点一滴，创作的自由，使情感像突破闸门的清泉湖水一样，表现的作品艺术形象是那么的生动而感染人。

　　黑格尔曾经说过："艺术作品的源泉是想象的自由活动，而想象就在随意创造形象时也比自然较自由。艺术不仅可以利用自然界丰富多彩的形形色色，而且还可以用创造的想象自己去另外创造无穷无尽的形象。"[4]欣赏的经验告诉我们，作者在塑造文学形象时，在自己发挥的自由空间里掺和了他们个人的经历和阅历，以及个人的文化价值取向和审美趣味。可以这样说，读一篇文章，或一部著作时，基本上是在读这个作者的文化价值取向和审美趣味，是在读这个作者的为人和处世态度，还有命运的多维性。

> "我不敢揣度父亲心理，当他疲倦地坐在广场的长椅上；当我们看到广场上秋色迷人的时候；当小孙女静静在广场的花坛边奔跑的时候。父亲的内心里，对儿孙的疼爱、对生活的思考、对衰老的无奈都潜藏在他的眼神里。这个生龙活虎的世界或许在哪一天，就要远离……想到这里，我心里已经是十分难受，泪水在眼眶里转动。"
>
> ——《父亲老了》

读到这里，每一个受众，只要是一个正常人，心中也会酸酸的。特别是一个远离父母的游子，见到老父如斯，谁不会流下一掬难以言说的泪水？

文学作品不同于科学研究。文学艺术不同于科研论文。因为，所谓艺术，"就是作者所体验过的感情感染了观众或听众，这就是艺术"。[5] 不可否认，艺术美是诉之于感觉、感情、知觉和想象的，它不属于思考的范围，对于艺术活动和艺术产品的了解就需要不同于科学思考的一种功能。于天伦之乐，情感的渲染胜过许多无聊的说教，因为它来得真切。

> "老街的味道，是肉包子的香味儿。三十多年前，八九岁的姐姐抱着两岁的弟弟，脚扭伤。爸爸背着姐姐来银城中医院诊治，姐姐的回忆里，只有老街那个早餐店的肉包子，那种香味儿，那种油腻味儿，是老街给一个乡下女孩忘不了的记忆。"
>
> ——《老街的味道》

故乡对每一个人来说，其感悟是不尽相同的。在人生旅途中，故乡的感怀往往是物象清晰的认识，在情境里凹凸出它逼真的一面。

不可否认，无论是创作还是欣赏艺术形象，我们都好像逃脱了法则和规律的束缚。我们离开了规律的严谨和思考的阴森凝注，在艺术形象中寻求静穆和气韵生动，拿较明朗较强烈的现实去代替观念的阴影世界。生活的真、生活的善、生活的美通过艺术的再现，表现的境界自然刻骨铭心。

"校园文化""写生纪实"两辑，虽然对读者而言情感的冲击不如"亲情天伦""人生旅途"两辑文章强烈，但是艺术的对象依然像江南女子般楚楚动人。

"站在树的下面，和大树对话。大树无言，她头顶着蓝天，俯视大地，以思考者的姿态和你共鸣。她的身边，走过多少往事，经历过多少烟云，有过多少欢笑，流过多少眼泪。樟树还是无言，她静默在那里，开枝散叶，郁郁葱葱。远去的白云和她招手，浩瀚的长空任她吐纳。"

——《田径场边的樟树》

要知道，一个人为了要把自己体验过的感情传达给别人，于是在自己心里重新唤起这种感情，并用某种外在的标志——形象的物把它表达出来。樟树本无情，樟树是作者寄托情感的外在之物，故而它仿佛是充满灵性的人类，有血有肉。文学的创作就是作者要在创作的空间里，让创作的作品能让读者受到作者感情的感染。学院的操场、花园、林荫道乃至教室、宿舍、食堂；故乡的父老乡亲、田野菜地；实习镜头里山山水水、花花草草；生活中的酸甜苦辣……于情感而言，也许在人们心目中安慰我们的东西很少，折磨我们的东西很多。但是，作者告诉我们更多的是，生活不是暴雨，也不是狂风，它是一条庄严而富饶的河。

因为我们知道艺术活动是以下面这一事实为基础的：一个用听觉或视觉接受别人所表达的感情的人，能够体验到那个表达自己感情的人所体验过的同样的感情。各种各样的感情——非常强烈的或者非常微弱的，非常有意义的或者非常微不足道的，非常坏的或者非常好的，只要它们感染读者、观众、听众，就都是艺术的对象。

文如其人，文显其品动人心。王老师的作品，就如作者将自己的真当作汤底，用生活的阅历作为菜料，以真情实感为辅料，烹饪出的一锅令人回味的佳肴，值得细细品尝。

生活不易，搞文学很难。判断一篇作品的好坏，在我个人的审美趣味中，我以为重要的是作者能够保持原生态的写作状态，进入写作的过程中。这既是文学审美的原则，也是写作过程性的原则。古今中外文学经典的现象告诉了我们：那些能够被传颂和传承的作品，大多来自作者的率性而为而文。他们不刻意去为权谋，恣意表达真情，抒发性灵。由此推断，具有审美性的文学作品，都是作者的文化价值取向和审美趣味，与所塑造的人物形象是统一的一个整体。因此，读文即是读人。所谓文如其人，在《那一湖清泉》里找到了落脚点。

当然，《那一湖清泉》里面的文章，有些显然过于骨感，缺少血肉；有的文章过于散乱，缺乏凝练。比起大师来，作品还谈不上厚重。

总之，王老师作为成千上万个怀有文学梦想的人中的一员，她用她的执着与努力，在圆梦。

参考文献：

[1] 袁行霈. 陶渊明集笺注 [M]. 北京：中华书局，2011.

[2] 张知依. 文学偶像消亡史 [N]. 北京青年报，2018 – 11 – 09.

[3] 李渔. 闲情偶寄 [M]. 北京：中华书局，2012.

[4] 黑格尔. 美学：第一卷 [M]. 北京：人民文学出版社，1962.

[5] 列夫·托尔斯泰. 艺术论 [M]. 北京：人民文学出版社，1958.

校园文化

大学校园的"鸟语"

　　益阳职业技术学院坐落在银城近郊，长石铁路、洛湛铁路在这里交汇，这里距省会长沙大概 1 小时车程。

　　作为湖南最美高校之一，这里植被覆盖率高，林木苍翠。最让人难忘的恐怕是校园里的"鸟语"吧！

　　清晨，从第九栋教师宿舍出来，走过一段"空中楼阁"。从宿舍到后花园，是一段四十多级的台阶。我把这段路称为诗意的"空中楼阁"。

　　就是在这条路上，鸟儿放开歌喉，开始鸣唱这初冬的美好。

　　台阶的两旁都是丛林，当我走在初冬的晨曦里，总是会听得到"鸟语"，却看不到鸟影。当我们的脚步声加重，甚至跳跃，或者远处一点的声响由远而近，这时候，鸟儿才从丛林中飞出来，"叽叽喳喳"远去，留给我们美丽的剪影。它们往花卉园方向、往一教学楼房方向飞越，快乐的样子、自由的神态都是这个清晨里最醒目的，它们是这一天跟我们打照面的"第一位朋友"！

　　"鸟语"呢，其实我们是听不懂的，只是感染了它们快乐的情绪，又习惯着它们勤奋的早起。当鸟儿把这些愉悦感传递给人类，它们就自由地飞走了，去寻找属于它们自己的天空去了。

　　某一个黄昏，我坐在六教学楼 108 办公室坐得太久，就出来走走。在那个深秋的傍晚，我被深深地震撼过一次。

　　从办公室出来，伸个懒腰，这个动作还没有来得及完成，就被聚集在六教学楼"天井"中间的鸟声吸引了。

这一次，我是十分清楚地看到了一群鸟儿，在丛林里好像有一个窝。这会儿，它们旁若无人，在一起深情歌唱。那种悦耳、那种高低起伏的节奏、那种干净明亮的嗓音确实唱出了大自然最美的乐音。

对声乐的研究，我很少深入。但是，这种来自大自然里的悦耳的鸣唱，似乎更有文学和艺术的"水准"。这些鸟儿都是彼此熟识的朋友吧！在这个深秋的黄昏，它们完成觅食的工作，闲暇下来，就这样成群结队，驻守在这丛林，用歌声来表达"劳动的快乐""友谊的纯洁"甚至"爱情的甜蜜"吧！

一阵歌咏会之后，几只健壮一点的鸟儿就盘旋起飞，我轻轻地跟在它们后面，怕惊扰了这群鸟儿。

可是一转眼，它们就不见了，不知道飞往校园外的哪一处山林了。这个时候，我的眼睛有些湿润，并不是为了这群欢乐小鸟的离开。

我似乎感觉到，我们人类都是一些聚散离合的"鸟儿"，就像我的父母，此刻应该在老家的灶台旁边，生火做饭。儿女们长大了，都飞走了。也像我的孩子，秀丽的小城留不住她的脚步，她踮起脚跟向世界张望，不管多么艰辛，都想去找到属于自己的天空。

学院的环境幽雅，在这庭院深深的校园里，聆听"鸟语"是一种生活情趣，一种高雅的生活品位。我们漫步校园的时候，不要总是那么急匆匆，正如我们迈开双脚追寻生活的时候，要不浮不躁，平心静气。这个世界上，该来的都会来，留不住的终究会离开……

世界上很多国家，都十分重视人文关怀。我们人类是大自然的精灵，如果我们不能在回归大自然的路途上寻找快乐，寻找自我，怎么能够得到生活的乐趣呢？近几年出现的网络新词"高学历的冷漠人"，出现的社会群体的情感困惑，恐怕是一种在追名逐利里迷失自我的现象吧！

于是，我想带着我的学生，让他们在美丽的校园里，静下心来听听鸟语！我希望他们能够在琐碎的日常中寻找快乐，希望这些悦耳的鸟声能够增添他们对大学生活的美好回忆，希望他们怀揣着美好去迎接美好的明天！

学者风范 党委书记走进课堂

11 月 26 日下午四点，益阳职业技术学院党委书记谢梅成走上六号教学楼三楼迎风讲坛，给生物信息工程系粮油 17101 班和园林 17101、17102 班讲授形势与政策课。

这次讲课的标题是《改革开放 40 年，改变中国，影响世界》。

内容主要包括：

1. 生活变化：包括远去的票证制度、从填饱肚子到吃出健康、从黑灰走向时装、从"蜗居"到"广厦"、从"自行车王国"到说走就走的旅行 5 个方面。

2. 历史进程：党的十一届三中全会到十四大、社会主义市场经济体制框架开始建立阶段、社会主义市场经济体制的初步完善阶段、"五位一体"全面深化改革的目标。

谢梅成书记讲课时语速平缓，内容深入浅出。运用生活中简短真实的实例，让在座的学生对国家近四十年来改革开放的发展变化有了比较清楚的了解和认识。谢梅成书记鼓励在座的大学生，要了解国家发展史，重视世界的发展变化；要充分利用在校时间，学好文化知识和专业知识；走向社会后有充分的文化自信，有担当；要牢记使命，为国家的发展和民族的振兴贡献自己的绵薄之力。

"通过形势与政策老师的讲解，我对当今变化多端的国际形势有了一定的了解。作为一名大学生，全面了解国内外的形势是非常必要的。"陈福美同学在心得中这样写到。

"早在改革开放初期，'摸着石头过河'便成为人们耳熟能详的话语。如今习主席用'深水区'一词再次标注当今中国改革开放所处的历史方位，并用'壮士断腕，凤凰涅槃'来表明改革开放的决心。"刘碧玉同学在心得中谈出了自己的认识。

"从 1978 年到 2018 年，在这 40 年间，中国的面貌发生了翻天覆地的变化。纵横交错的高速公路网、铁路网成形，人们出行再也不受时间的约束和路途的颠簸；市场经济逐步成熟，国有经济主导明显，私营企业蓬勃发展，经济腾飞的势头势不可挡。"学习委员郭城由衷地感叹。

"我看到，去年中国人均 GDP 已达到 9281 美元，步入中等收入国家。而在 1978 年，中国人均 GDP 只有 384 美元，在全球二百多个国家中排在倒数第七。"

"我看到，今天全世界最高的 10 幢大楼，有 8 幢坐落中国；而在 1978 年，中国没有超过一百米的高楼大厦，"粮油班的"网络小说家"陈林在心得里展现了对祖国满满的自信。

在座的一百三十多名学生听课认真，师生互动精彩。这是一堂受到大学生欢迎并且真正让学生受益匪浅的"形势与政策"课，展示了高校管理者知识渊博、深入了解社会发展变化的风采，也展示了高校大学生渴望了解社会变化、求知若渴的精神面貌。

谢梅成书记也是从农村走出来的农家子弟，他儒雅的课堂风采和拼搏的人生经历，触动了学生的心灵，让绝大部分来自农村的学生，有了拼搏的勇气和学习的动力。这样的课程开设，是高校文化生活中值得"点赞"的一件好事！

大学校长的日常

两年前的冬天，我主编系刊《走进徽州，放飞梦想》，这本书初稿完成后，在系部胡大有书记的示意下，拿着初稿去找学院蔡院长征求修改定稿的建议。这是我第一次走到大学校长面前谈工作上的事情。

我怀着满腔的文学激情，走到蔡院长办公室前，看到门是开着的，有学院的老师在找院长请示工作。不知道当时想把这本书编写好的心情有多么迫切，我甚至连门都没敲，就冲进办公室……

"王老师，你先等一下，让这位老师先讲完事情。"蔡院长微笑着说。

我红着脸，平息一下自己激动的情绪，退到办公室门外。

几分钟之后，等那位老师汇报完事情，我就进到办公室，把初稿送到院长面前。

蔡院长坐在办公桌前，用了大约五分钟的时间把初稿浏览了一遍，他取下眼镜，移动了一下自己的坐姿，说："看样子你还是付出了不少的努力，这种编书的事情是很辛苦的！"

我回答说："是付出了一点时间，不知道院长对这本系刊有什么指导意见？学院会不会在编写印刷中给予经费的支持？"

院长回答我："你能够把写生二十多天都写成日记体的游记，是有意义的事情！"我心里有些小窃喜。

"但是，这是系刊，要你们生物信息工程系自己去完成任务，学院层面是不给予经费支持的。"

听了这几句话，我忍住了想要流出的眼泪。为了编好这本书，我已经八次改稿，两个多月的时间都没有睡过一次好觉。院长的回答让我觉得最后的经费问题有些渺茫。我有些难过地拿起初稿，离开了院长办公室。

……

作为高校辅导员，会有在上晚自习的时候找学生谈心的工作。有一天晚上，我在目送学生离开办公室的时候，蔡院长走进办公室，巡查我们生物信息工程系的工作。我跟院长打了招呼，准备离开办公室去教室。

院长叫住了我，要我通知值班的辅导员来办公室，想询问我们的工作情况以及我们对学院管理工作的一些建议。

辅导员聚拢来，蔡院长了解工作上的事情，他又笑着问大家："你们要说说自己的困难，对学院有些什么要求可以提出来！"

我受到鼓励，就说："我们辅导员周末下午赶往学院开周前会，每次搭公交车都非常不方便。学院在银城的近郊，4 路公交车是私人承包的，发车次数和时间都不正点，有时要等上 40 分钟。"

院长了解到这个情况，回答说可以安排校车在周末接一趟辅导员。并且把这件事记载到自己的工作手册上，说怕自己忘记这件事情，导致老师们出行不方便。

这一次的安排让我对院长的"冷漠"有些改观，上一次出书的经费没有给予支持，可能是从规范学院管理制度上考虑的吧！

真正让我深深震撼的一件事情，还是今年四月份发生的一件事情。

蔡院长在百忙中抽出时间，深入班级了解学生的思想学习情况。一个星期三的上午，我在一教学楼三楼遇到蔡院长。他对我说要到我带的粮油班听课，我回答说："今天上午我带的粮油 17101 班都是在实验室上操作课。"

院长对我说："你组织十名学生，今天晚自习开一个座谈会，我想了解一下粮油专业学生的学习生活情况。"

这天上晚自习的时候，当我带着粮油 17101 班的学生走进三楼的党务办公室，蔡院长已经等候在里面了。

我心里一惊，幸亏我提前通知学生，七点准时到了座谈会现场。

蔡院长示意学生坐下来，座谈会开始。

我在通知学生的时候，提醒了他们大学里的平等理念，校长和学生都是大学校园里平等的公民，所以要求学生不要有心理负担，有什么想法和要求尽管说出来。

蔡院长开门见山地说："同学们对专业有什么感受？有什么好的建议？学习生活有什么需要帮助的？今天利用这个晚自习时间，都可以向我提出来，学院能够解决的会想方设法去解决的！"

座谈会在友好的气氛中进行，学生们畅所欲言。

他们问道："作为目前全省唯一新开设的粮食储藏与检测技术专业和粮油食品加工技术专业，我们将来的就业前景如何？"学习委员郭城同学一开始就触及到敏感话题。

"要求对实验室的药品和器材进行新的配置，我们大部分同学觉得目前的设置偏低。"副班长陈柏铭说。

"我们班大部分学生都是文科生，目前感觉专业的课程设置对我们来说有难度。"班长张敦球说。

"我们现在两个专业在一起上课，什么时候分开上课？"宣传委员黄观连说。

"目前有个别同学上课不认真，晚上玩手机到凌晨！"我们班的网络小说家陈林说。

"对这个所学的专业就业前景非常担忧。"西藏女生奇美拉姆说。

大家纷纷发表了各自的看法，蔡院长耐心地逐一回答。

这次座谈会整整开了两个半小时，院长做了总结发言。

"目前粮食专业人才稀缺，你们有很多的就业机会，湖南的两个大的粮食企业，天下洞庭、湖南粮食集团以及全国四大米市之一的兰溪粮食市场都需要大量人才，你们要努力学好专业知识。"

"大家平常在学习中要多想多练，要学会学习，学会自我管理，学会吃苦！"

没有任何人提议，所有同学对蔡院长的总结性发言鼓掌。

后来，在五月二十四日，学院接受了座谈会学生的提议。在专业课老师江敏的组织下，我带着我们粮油 17101 班的 48 名学生，参观了湖南粮食集团，这次参观学习对粮油专业的学生又是一次很大的触动。

座谈会结束的那天晚上，我回到家里。脑海中还是浮现着这个座谈会的情景，如果我们辅导员每次都能这样细致地跟学生沟通，还有什么工作会落下来啊！

蔡建宇院长来到益阳职业技术学院已经有四个年头，作为一名普通的辅导员，我是不可能全方位地评价大学校长的。我只是从这些琐碎的日常工作中，受到教诲和启发，很真实地说出自己的感受。

高校办学的目的是更好地服务社会。如果每一位大学里的工作人员，能在自己的工作岗位无私奉献，敬岗爱业；每一位在校的大学生都能勤学好问，不断求索，那么，这种更好地服务社会的理念，会在工作实践中得到实现。我们国家的富国之路，民族的振兴之路，就会在史册中熠熠生辉。

不积小流，何以成江海。我们要向身边像蔡建宇院长这样的长者学习，乐于奉献，敢于拼搏。人的一生是短暂的，奋斗的人生是有价值有意义的。从小事做起，淡泊以明志，我们将会拥有快乐无悔的人生。

生于忧患，死于安乐。每一位有良知的中国公民，都要有主人翁的思想意识，要在平凡的工作岗位上做出不平凡的成绩。作为大学校园里的教师，身教胜于言传，老师的风范是学生学习的榜样。教学相长，师生共同进步，校风和学风蒸蒸日上。这样一来，我们的文化自信心越来越强！

辅导员的那些事

2014 年秋天，我来到益阳职业技术学院担任辅导员。

第一个给我"颜色"看的学生，是凌渡。

这位云南山区来的学生，是一头真正的"犟驴"。记得有一天早晨，我七点半到了学生宿舍 4 楼。来到 401 寝室，就听到了电脑游戏的声音。

天啊，这位"勇士"竟然玩游戏玩到了天亮。

我还是平复了一下自己的心情，"挤出"几分关心对他说："你还是洗洗脸，吃点东西去上课吧。"

可是我竟然没有听到任何反应，那种激烈的游戏声音还在我面前躁动。

"你可以休息一下了吧？"我把声音提高了几度。可是，依然没有反应。

"你可以停下了吧！"我已经无法控制自己的情绪，对着他咆哮起来。

"干什么呀？"凌度没有任何示弱和认错，对着我怒吼。

这个时间点，我看了一下手机。已经是早晨八点零五分，离第一节课上课只差 15 分钟了。

我以龙卷风般的速度帮他收拾电脑，凌渡的情绪也失控了。

只见他站起身来，把鼠标使劲地往地上一甩，脸涨得通红……

如果这个时候，他身上有一把刀子，他会不会……这是我后来想到的，我都为自己这个想法打了一个寒颤。我如果走得"光荣"，最痛苦的是我的老父亲，那位年近七旬的患高血压多年的老人会……

当我意识到自己的不安全，一种本能的反应让我冷静下来。

我坐到了学生床位的边上，又用"母爱"般的表情看了凌渡一眼。他正"情绪"着，烦躁的表情好像要燃烧整个世界。

我走出寝室，从隔壁有饮水机的地方倒了一杯水，再走进 401 室。

这个时候，凌渡的脸上怒气消失了一些，疲倦感溢满了他的脸。

"你喝点水吧。"我示意他坐下来。凌渡气鼓鼓的，坐下的力气太大，整个床都"闪"了一下。

"我不逼你去上课了，你在寝室好好思考一个小时，第二节课我要看见你在教室。"说完，我拍了拍他的肩膀离开。

这个清晨，我是噙着眼泪离开 7 栋学生宿舍的，甚至我还动了离职的念头。那天下楼梯后，我伸手摘了宿舍下面丛林的一片叶子，使劲地把它撕烂，撕成不能再细一点的碎末，扬在秋风中。

后来，第二节课上课的时候。我看见凌渡坐在教室里，用衣服连着的帽子盖住头，睡得好沉。

这天的晚自习，我和凌渡整整谈了一个半小时。我了解到他的原生态家庭，他的暴躁的父亲，以及从小对凌渡实行棍棒教育的方式……然后，我和凌渡有一个约定，这是一个制怒的约定，是属于我们师生的秘密。

这件事过去了四年，我对网络游戏的"仇恨"从来没有停止过。这种超越现实的模拟激战，让这些血气方刚的高职院校的野性"爷们"一见如故，让我们这些辅导员深受其害。

四年后的今天，当我悠闲地旅居海滩，品尝下午茶时，居然有了"邂逅"。

是凌渡申请加我的微信。

跟我说的第一句话就是："老师，我很想念学校，也很想念您！"

我的惊讶不亚于发现新大陆，让这个倔强的男生说出这番话，是多么的不容易。

"老师，我以前不懂事，犯的错误很多，您会恨我吗?"这是第二句。

我哑然失笑，"恨"这个字在师生情感里，该从何说起。我是学生的引路人，没有教好他们是我的过失。学生是我的工作对象，我没有"改造"好他们，是一种负疚。

我从来都没有恨过自己的学生，就算自己恨自己，也不会恨学生。但是我确实通过这次"交锋"，深深地记住了他。

走在异乡的城市，街上的行人说着我听不懂的语言。可是，我的内心丰实充盈，因为我曾经的付出，已尽在学生心中开花结果。

凌渡很有个性，这种"犟"让他在事业上有持续的冲劲。学院里没有完善好的个性，在社会上得到了磨炼和调整。

我是一个平凡而又普通的辅导员，当我的"软硬兼施""曲线救国"在学生心中扎根，他们将会生成更多的智慧，去超越平凡的生活，去拥有无悔的人生。

师者父母心，得失无悔。秉正良心，执着无悔！企业家上缴国库金币，我们辅导员上缴"良心和公正"，用我们的人格魅力和道德素养去熏陶青年一代，我们都是挺直脊梁骨的中国好公民。

辅导员这点事，都是小得不能再小的事。我们尽心尽力做好这些"小事"，就是一种忙碌的日常，一种思想品德的培养，一种文化的自信，一种科学的工作态度。

一盏灯、一滴水、一抹阳光

这是一个平常的周二，早晨七点多，一个粮油班的女生给我打电话，她哭着说："老师，我奶奶过世了，我……要……请……"下面的话堵在喉咙里，悲伤得说不出来。

我用最平缓的话对钰说："你奶奶多大年纪了？"

"七十多岁。"她还在哭，低声回答。

"你平静下来，听老师跟你说。"

"第一：你不要太悲伤，人都是有生老病死的，每一个人都要走这一遭，悲伤要一点点放下，活着的人都要好好活着！"

"老师，我明白了！"

听她的声音，已经止住了哭声。

"第二：你要回湘潭，路程比较远，你赶紧从寝室出来，到校门口吃点东西。"我继续说。

"好！"这回钰回答快一点了。

"第三：你要写一份电子版的请假条给我，老师会安排班长办理相关的请假事项。"

"我知道了，谢谢老师！"这一句回答好像一个人已经从梦中醒来了，我觉得自己的心放下来了。叮嘱她路上注意安全，到家给老师发信息。

这一天中午，系部集中排练节目，下午2点是辅导员职业能力大赛。当我坐下来，看到男生委员和女生委员发在班群的寝室图片，我知道学生已经把寝室打扫得干干净净，完成了打扫卫生的任务。

这些照片让我的眼睛湿润了，我和我的学生之间建立的爱和信任，是一种超越亲情的师生情谊。

我是一位辅导员，也是一位母亲。就在今天早上，我的女儿对我发了点小脾气。原因呢，还是因为我关心太多，年轻女孩受不了我的"过度关注"。

我给我的孩子回了一个信息，说是妈妈做得不好，应该是你孝顺我，因为你已经成年了，已经走向社会工作。

发完信息，我的胸口有些痛，后面她回的信息，我也不想看了。

人，在生命的历程里都是孤独的时刻，没有人能陪你从起点走到终点，该吃的苦，还是要自己吃。该流下的眼泪，还是要流出来。哭过笑过之后，留下真实的生活感悟。

毕业后离开学校的学生，还是会经常联系我，向我问好，会把自己的困难向我诉说。

所以，我对我先生说，当过二十多年班主任的我，觉得每一个鲜活的生命，都是属于社会的。这些孩子，不是家庭的"财产"，不是学校的"物质"，他们都属于社会。他们要尽自己的努力，去完成自己的梦想，创造更多的物质文化和精神文化，把自己的梦想融入时代潮，成了推动人类文明的那一盏灯、一滴水、一抹阳光。

风起的时候，我不孤独，因为我知道雨过天晴后，彩虹依然美丽。

云涌的时候，我不孤独，因为我知道乌云密布之后，大地的清香还在。

那些身边人给我的温暖，让我觉得平凡的人生，也是无悔的一生。

明月几时有

"明月几时有，把酒问青天。"千年的时空湮灭，历史的功勋不朽！只有这朗照千古的月亮，在大文学家苏轼的笔下，熠熠生辉！

"举头望明月，低头思故乡。"大诗人李白即使豪情万丈，潇洒风流，在夜深人静的时刻，心里还是会升起柔软的牵挂。家中的亲人可好？故乡的风貌是否变了模样？

而今天的文人墨客，读到"把酒问青天"这样的诗句，比起思念故乡来，还会有更广阔的、更浓烈的情感奔涌而来！明月一直都在，朗照天下乾坤。把酒的心情又是怎样的一种思量呢？"不知天上宫阙，今夕是何年。"人间一岁一枯荣，天上的仙境奇幻，又到了哪个节呢？

当我们离别亲人，当我们遭遇挫折，当我们身陷病痛，当物质世界无法随了自己的念想，或者情感世界遭遇了不堪回首的阵痛，能够治愈我们内心世界伤痛的，不就是"明月、把酒、青天"这些宏观与微观组建的氛围吗？

"我欲乘风归去，又恐琼楼玉宇，高处不胜寒。"现实的不如意，让词人苏轼产生了困惑，有了逃避这种困惑的想法。可是天上的仙境里，又是否会有这么真切的悲欢离合？我们的凡胎肉身，是颐养在这人间真实的情感世界之中的。

读到这些句子，我们在远离苏轼千年的后世，也会找到这样的从众心理。历史的浩瀚、个人的渺小；国家的命运、个人的遭遇；理想的美好、现实的平凡，这些矛盾冲突，从来都在。在大词人苏轼的情感世界中，也同样涌动着波澜。这种无奈、这种伤感、这种渴望，融化在千年的不衰落的才情里，带给我们后世的读书人空灵的美丽、命运的咏叹。

当我们感同身受的时候，文学性和艺术性交替的美又是一种可遇不可求的冲击。生活是美好的，人间的真情永远值得歌颂；生活也是无奈的，个人的遭遇在社会的际遇中会有许多不可控制的因素。所以，我们才会有获得的充实，也会有失去的落差。

在现代社会生活中，我们应该提倡学习这些千古流传的绝唱，当人们拥有这些美学和文学濡养的丰厚的情感世界，就不会有"公交车坠江的事件"发生，也不会出现"拿起屠刀弑师"这样闻所未闻的惨剧。当物质文明积累到一定的高度，我们的精神文明也不能落下。所以，读苏轼的作品，也是一种厚泽我们终生的学习方式。一个人活在世上，不仅仅是"酒肉穿肠过"就会有幸福的人生，我们的精神需求如果得不到满足，就会产生许多困惑，就会在现实生活中迷失自己。

"人有悲欢离合，月有阴晴圆缺"。在我们日夜奔忙的脚步里，我们借用苏轼的文字给我们的生活来一次祝福。

"但愿人长久，千里共婵娟"。如此，甚好！

田径场边的樟树

冬日的午后，校园里的田径场是最受欢迎的地方，这是一个增进友谊培养感情的场所。三五成群的学生，或坐在田径场的草坪里，惬意闲聊；或躺在田径场的沙地上，沐浴暖阳。天空湛蓝，纯净辽阔。空气清新，弥漫着芳香青春。

田径场呈长方形，它的三条边上都种满了樟树。树叶细密，排列整齐，给田径场带来威仪。虽有些许微风，樟树枝繁叶茂，却感觉不到风的流动。走上前去合抱一棵树，竟然合抱不了。整棵树似华盖，在这晴朗的冬日，遮住了南边的一部分。樟树的枝干盘旋婉转，一棵树分成四五部分枝干，她们旁逸斜出，竞相生长；她们曲曲折折，向着阳光。抚摸树的主干，树的表层呈"千山万壑"，被风化成一块又一块。只要碰撞树干，树皮纷纷掉落。有的樟树已经高过三层房顶，繁茂的样子成为欣欣向荣的世界。抚摸树皮，感知生命的厚重，感知岁月的神奇。抚摸树叶，感知自己的呼吸，感知绿色的涌动。一棵棵大樟树，像一队队列队的士兵守护着田径场，守护着美丽的校园。

点缀在樟树之间的，是几棵漂亮的枫树。片片枫叶情，校园里的浪漫故事需要点缀和装饰。秋千旁，一片片枫叶飘落，那是送给大自然的书签。枫叶红，樟树绿。红色的跑道，绿色的足球场。色彩并不单调，让人的感官愉悦。瞌睡着的男生，在编织瑰丽的青春梦。

站在树的下面，和大树对话。大树无言，她头顶着蓝天，俯视着大地，以思考者的姿态和你共鸣。她的身边，走过多少往事，经历过多少烟云，有过多少欢笑，流过多少眼泪。樟树还是无言，她静默在那里，开枝散叶，郁郁葱葱。

远去的白云和她招手，浩瀚的长空任她吐纳。田径场的白天是活跃的，田径场的夜晚是静谧的。时光流逝，斗转星移。校园是驿站，见证一批又一批良师益友，滋养来自祖国各地的青年才俊。校园的樟树茂盛，学院的人才辈出。谁在放飞梦想，谁又在蹉跎华年。枫叶不言，樟树静默。十年树木，百年树人。爱我庭院深深的美丽高校，爱我立德树人的职业人生。暖阳下，和茂盛的樟树对话，别有一番风韵。似水流年，清欢最美。

那道篱笆墙

这是一道爬满藤蔓的篱笆墙，就在我家门前，是校园田径场东面的边界。

晨风中，篱笆墙边的绿叶闪着柔软的腰身，带动整个藤蔓唱起夏日的晨曲，旋律和格调是那样和谐唯美。这一波倾泻而来的绿色帷幕，并不会千篇一律地使自己的内容单调。当我们在篱笆墙边挪动脚步，会发现这绿色的藤蔓在不断变幻着自己的装束。这一处地方挤挤挨挨，那一处地方疏疏落落。紧密的绿色是夏晨里怒放的希冀，疏落的空格是恰到好处的闲适。

篱笆墙是我们给她诗意的命名，其实这些绿色的植物是靠着田径场的围栏生长的。在钢筋混凝土浇筑的城市丛林里，小时候在农村老家四处可见的篱笆墙只能在梦里遇见。可田径场东边的围墙却在岁月的轮回里造就了神奇风景，鸟儿和风把植物的种子散落在围墙边，它们在此扎根，生机盎然，攻城略地，几度荣枯，花开花落。它们和校园里的园丁一起，铸成了今天校园的美丽风景和秀丽人文景观。

每天从这藤蔓旁边走过和跑过的人很多，青年学子英姿飒爽的身影带给藤蔓重生的活力；迟暮老人饱经风霜的模样诉说岁月的风尘；步伐坚实的中年人，那藤蔓的绿意赐予他流年的慰藉。在这日月轮回，时光流转的每一声滴答声里，藤蔓是人与自然和谐相处的背景。快乐的、悲伤的、平静的、激越的，都是记录生活的标点符号。当我们走过这片藤蔓的时候，我们的悲喜都被它忽略，那些阵痛和雀跃都是属于我们自己的。

夏晨的阳光比任何季节都倾泻得快一些，不经意间，这片绿色的藤蔓都被阳光拥抱着。夏日的热浪在风儿的催促下，一波又一波在这整片的藤蔓上起伏。那些翻飞的叶片变得安分了好多，有点软绵绵的，虽然没有了晨风中的活力，但静默中蕴含着坚定。一群鸟儿从藤蔓上飞过去，又有几只留下来，隐藏在藤蔓下，寻找自己的食物。它们飞来飞去，踪迹不定，仰望蓝天的姿态和藤蔓有相似的味道。

当我走过这道自己命名的篱笆墙，拥有着这夏晨的绿色和凉爽。我也会像那些小鸟一样的渴望，张开翅膀飞翔。摘下中年的叹息，摘下慵懒的颓废，摘下莫名的忧伤，就在这绿色的藤蔓下，让生命自由翱翔……

书香满怀的日子

教学楼后面的图书馆，实在是一个最适合阅读的地方！

三年来，无论清晨还是黄昏，无论晴天还是雨天，它就如一块磁铁吸引着我！只要有空余的时间，我都会踩着细碎的步子，走过花卉园，穿过樟树林，进入宽敞的二楼期刊室。

期刊室宽敞明亮，文学、艺术、科技、教育等各类期刊琳琅满目。

"读书之乐乐何如，绿满窗前草不除！"这是在图书馆读到的余秋雨先生的读书感受，这也是800多年前朱熹的感受。文学的浸润是一种忘我和享受，窗前的小草就让它自由生长吧！

在《深圳青年》这本杂志上，读到了现代社会生活群体的重组，懂得了人与人之间的亲密关系不完全以亲情为纽带。"断舍离"和"延承续"成为现代社会生活群体重新组合的另一种选择。相同的志趣，发达的互联网络，会把千里之遥的人聚集在同一个圈子，去享受生活，去获得认同。

《哲学的解放与解放的哲学》这样的论文，分析了以社会主义和共产主义为目标的这一时期的解放政治的突进，在突进的过程中所遭遇的危机，其对于危机的应对方式。从整体上去理解此一时期的解放，或者说解放政治本身所具备的哲学形态。读这样的论文，可以让人的理性思维更严密。

《了凡四训》这样的书籍浓缩的智慧，更让人受益匪浅。立命之学，改过之法，积善之方，谦德之政，这些道理会让人智慧通达。只要我们愿意用善意和阅历建立城池，会让每一个从我们世界路过的人真诚地来敲门。

当然，我最喜欢的还是文学类的书籍。读那些感人的中篇小说时，如果我的脸上浮现出会心的笑，那一定是和主人公相逢在一个美丽的桥段；如果我的眼睛里有闪烁的泪，那是苦难的生活、曲折的经历引起了我的共鸣。读《思想与智慧》这本杂志上的散文，我的感受就像和老朋友一起品茶：书的香味是墨色的，茶的香味是灵动的，那些美妙的感触融化在意境里，化作灵魂的馈赠，如雨后的春笋，如山谷的清风，如江边的晚霞……

我们流连在书香世界，我们到底需要怎样的读书精神？不要为喧嚣失去精神的静默，不要被浮华遮蔽真相与事实。当我们沉浸在书香世界，拥有自己独特的情趣，拥有自己丰富的精神世界时，尘世的苦乐都是可以品茗的美酒。悲欢离合组成了人生舞台的篇章，喜怒哀乐无异于人生旅程跳动的音符。现实的生活就是一本书，我们的风餐露宿，我们的颠沛流离，我们的爱恨情仇，都是不需要导演的生活剧。

书香满怀的时刻，是浪漫满屋的时刻！面对生命的短暂，光阴的流逝，谁能握住繁华三千，谁又能留住昔日的韶华？

书香满怀的时刻，也是平静安逸的时刻！滚滚红尘天涯路，柳暗花明又一村。

书香满怀的时刻，更是幸福快乐的时刻！人生不如意事十有八九，独享墨香的时候聆听自己的心跳，与世无争的清静最难得。

也许有人还挣扎在贫困线上，书籍会帮你打开致富的天窗；也许有人还在病床上遭受折磨，书籍会鼓起你康复的勇气；也许有人还在感情的沼泽里呻吟，书籍会给你指明情感选择的方向。所以，无论如何你都不是一无所有，只要有书籍相伴，你都可以成为精神上的"富豪"。

人生最痛苦的事，莫过于你成为一个只剩下钱的"穷人"。因为此时的你可能六亲不认，冷酷无情；可能顽固不化，自私自利。因为你的灵魂已经"病入膏肓，无可救药"。

如果你想拥有幸福的人生，你就好好学习，去领略读书的快乐吧！书香满怀的日子，幸福是快乐的泉，溢满你心间的是汩汩的智慧清流。

那一湖清泉

初夏的阴雨天，竟是如此的舒爽惬意！

当我行走在迎风桥水库的堤坝上，雨丝飘落在脸上，似有似无，凉爽舒适。左岸是绵延的稻田，农家房舍在丛林中掩映。右岸是荡起圈圈涟漪的水库，在这阴雨的天气里，水库的远景给了我烟波浩渺的想象。靠近堤坝的水域，在清风中如绸缎般光滑细腻，水面波澜不惊，此处是一个静谧的世界。湖中的小舟是诗意的点缀，静谧的水给了她一个安详的居所。两岸青山，迂回在湖边，这一座苍翠葱茏，那一座郁郁葱葱。山的沉默与水的温柔是这凉爽夏日的咏叹调。偶尔一阵风吹来，树枝上零星的雨点儿落下来，那是树与水的深情倾诉。飞鸟在堤坝的上空盘旋，几声鸣叫，一个剪影，这是写意在此处的动景，当我仔细追寻鸟儿的踪迹，它们却隐藏在树丛里去了，只留给我对自由飞翔的向往。

静谧的水库在这阴凉的夏日吸引了许多垂钓的人，他们在水库边排起了队伍，在等候鱼儿上钩。那些垂钓者并不着急获得更多的成果，在这悠悠天地之间，守着一湖清泉，眼前都是风景……钓胜于鱼的感悟舒展在眉宇之间。

堤坝上的踱步，来来回回。更贴近湖水的意愿油然而生，当我走过四十六级台阶，坐在微微荡漾的湖水边，水的气息扑面而来。那是比堤坝上更凉爽的惬意，偶尔会有一个小小的水圈儿弄出细细的声音，那是鱼儿要浮出水面的迹象。

当我静坐在这初夏的湖水边，感受到的都是世界的寂静。耳听清风，眼观秀水，融入自然的乐趣是此刻的窃喜。这纷纭复杂的人世间，独乐的境界是可遇而不可求的……

等待，是一种素养

南方的冬天，寒冷而又干燥。走在校园的林荫道上，耳畔的风呼啸而过，感觉要把耳朵"拧"下来一样。这么冷的冬天呀，对爱美的大学生来说是一种考验呢！

校园里长裙飘逸、长发飘飘的女生是清晨飞舞的"蝴蝶"。她们步履轻盈，洋溢青春的活力。当我穿过林荫道，听到学生"南腔北调"的谈话，心中瞬间浸润了小小的喜悦。

走进二食堂，在门口碰到班上的三个男生。三个人来自三个不同的省，海南、贵州和湖南。于是，师徒四人坐下来吃早餐。来自海南的宁家境殷实，可也是和同学一样吃着五元一碗的米粉。"你在这里过冬天，还好吗?"我问宁。宁迟疑了一下，缓缓答道："不好，很不适应。"他的回答让我吃了一惊。一个大男孩，毫不掩饰自己的窘境，可以想象他来这里适应环境的艰难。我想起九月份开学时，他妈妈送他来学校跟我说的那番话；想起军训时他每天想退训，在跟他谈心后又坚持的情形；想起曾经他对我说过想跑回海南的话……这些记忆让我对他的回答又有了一些理解和同情。海南的夏天是炽热的，海南的冬天是温暖的。坐在我面前的这名学生、这个大男孩，其实他一直在努力适应校园环境，适应湖南的春夏秋冬四季分明的气候，相比其他来自山区的学生，他的适应是更艰难的。没有缺课，没有跑回家，没有停止军训，对他个人而言，已经是"超越了极限"。

在沉思和咀嚼之间，我的早餐吃得很慢。一抬头，才发现坐在我旁边的宁早已把米粉"扫荡"完。"你怎么还不去上课?"我问他。"老师,我在等你吃完,等着你一起走。"他认真回答道。这简单的话语竟然让我心潮澎湃。

等待,是一种礼貌。等待,是一种素养。

在这个清晨,南方的冬天,寒气逼人的冬天,这名来自海南的大学生,忘记了自己的种种困难,无私地把最高贵的礼遇给自己的辅导员老师。也许,他在心里已经认可了学校对他的教育,认可了老师对他的关心和培养……

作为大学里的辅导员,带着和自己的孩子年龄差不多的学生,常常会给予学生母爱般的教诲,常常会得到大学生孝敬母亲般的感恩。所以,我不想离开辅导员这个岗位,我希望把自己的理论知识和文学素养浸润到学生的思想意识里;我希望同自己的学生朝夕相处、共同进步、一起提高;我希望我的文集里鲜活着我学生的影子。当他们离开我的时候,我会笑着送别,祝福前程似锦。然后,在他们不在我身边的某个黄昏,去校园的后花园寻找他们曾经的身影,也会落泪来表达对他们的思念。因为我知道,在我的生命里,他们是我最亲密的学生、最热心的读者、最真实的朋友、最特殊的亲人。

辅导员是大学生思想的引领者,辅导员是大学校园里的管理员,辅导员是大学生在校期间可以依靠的亲人,伴随他们成长,看到他们展翅高飞。成功并不一定要那么辉煌,在个体的生命里,能够耐心地等待,等待孩子的成长,等待事业的成功,等待爱人的出现……等待,是一种素养。等待,会让人沉思,会让人觉醒。等待,是一种幸福,用耐心细数生命的脚步,不浮不躁。等待,是一种智慧,靠毅力战胜不理智的冲动,不温不火。

男寝的晚宴

辅导员日常工作里，有查晚寝这一项工作。学生们回到寝室，休息和娱乐组成寝室文化。在这里，可以了解大学生的人生观、世界观和价值观。寝室里比较随意，老师和学生朋友似的聊天，增进感情。老师可以校正大学生错误的思想，学生的特长也有值得老师学习的地方。

这学期到了十一月份，大三的学生面临顶岗实习，要离开学院了。某个星期四的晚上，我进男寝查寝，学生正在以晚宴的形式聚会。说是晚宴，其实就是一张桌上放着一些瓜子、糖果等，旁边摆放着一些饮料。看到老师来了，学生让开一个座位。那个男生就坐到床沿上去了。班长扶着我的双肩，像照顾自己的母亲一样，让我坐到凳子上。首先就是一轮干杯，离别的酸楚浸润我的心口。那些儿子般的大男孩，似乎感觉不到我的情绪变化，或者装着感觉不到我的情绪的变化，乐呵呵地跟我聊天。"老师，你到时要来我们家玩哦！我们家里有大鱼塘，能够让老师吃新鲜的鱼。"这个淘气包，居然还知道我喜欢吃鱼。我的心里洋溢满满的感动，虽然还没有打算跑到很遥远的贵州吃鱼。"老师，我真的选错了专业。"爱唱歌的项气鼓鼓地对我说。因为他从小喜欢唱歌，也得过一些奖。可是父母都说唱歌不能当饭吃，还是好好读书吧！高考后，成绩不理想，填了服从录取的志愿，结果读完了两年半的环艺专业。用他自己的话说，瞎混了两年多。人啊，总会有身不由己的时候，做自己不喜欢做的事。等到自己明白的时候，都只能亡羊补牢了。我很同情地望着项，这个单纯的贵州学生。只能劝说他要相信前程的美好，努力就会有希望。一起聚的还有一个广州籍的邻班男生，广的家境富裕，在学院是那种出手很大方的男生。记得有一次，为了帮同寝室的一个同学说话，被社会上的青年误伤，帅气的脸挂了花。后来，我问他以后不会再出头了吧？他摇摇头，否定我的说法。其实老师也知道他是正义感很强的青年，故意逗乐他一下。广这时说得最多的是我们师生一起编的系刊。他说如果他们班也能编一本，那该多好。成书的时间越长，故事越多，师生的记忆越深刻。广很健谈，他说起了父母，说起了自己在广州的生活，说起自己去香港做小生意的经历。他的见多识广让我感受到城市青年阅历的丰富。

城市里教育资源的优化，城市文化底蕴的厚重，这些软环境让城市里来的大学生有了自己不同的精神面貌。当然，农村来的大学生优秀的也很多。比如虎，正如他的名字，长着虎牙，体格健壮。这位来自云南的大男孩身上凝聚着大山的刚毅与纯朴。有一次，黄昏时分，我在校园里碰到他。他手里拿着两个蒸熟的红薯，看到我，硬是要分一个给我。虽然一个红薯值不了几个钱，但是我估计这是他为自己安排的"晚餐"。这位来自云南农村的大学生，家里还有一对双胞胎弟弟读小学，靠父亲一个人撑持家庭，母亲要带着两个弟弟。他虽然家境贫寒，但是作为班长，却把两次评助学金的机会让给了别人。虎平静地对在场的同学说大家都要好好珍爱生命，珍惜生活。他说去年寒假的时候，他牵着自己家里的牛爬山。在半山腰，牛突然不听使唤。发疯似的往山下狂奔。缰绳挂着他的脚，把他拖翻在地。如果不是父亲及时赶到，已经昏倒在地的他也许就此留在了山上，永远不会再回到学校。他把饮料一饮而尽，平静地说："如果那样，你们可能看不到我啦！"他的这一席话让我感觉自己的心紧了紧。生活啊！你总是考验着男人的坚强，考验着女人的智慧。生活啊！你也要学会阳光普照，让我的贫寒学生得到更多的实现梦想的机会。我无法用任何语言来安慰这位来自大山的男孩。端起饮料，和虎干杯，祝福他前程似锦，平安快乐！这时候，桌上的东西吃得差不多了。只看到功从外面回来，带着一大包吃的。原来在我们聊天的时候，这位来自海南的大学生跑到外面"补货"去了。功拿出几包吃的，塞到我手里。又拿出一包，撕开放在我面前，"老师尽管吃"，他笑着和我打招呼。上学期，因为寝室的卫生问题，我狠狠地批评过他一次。当时他态度很不好，我也没控制好情绪，闹得大家心里都很不痛快。一个学期里，我们都十分谨慎地相处，说的话很少。今天他一反常态，表现出极大的热情。"老师，我还想吃你做的饭。"他的话勾起了我的回忆，我记得他们入校不久，一个室友得了急性阑尾炎，安排学生住进医院后，功负责陪护，我回家做饭。我把饭菜带到医院，一盘红烧鸡丁，一盘蔬菜，功吃得赞不绝口。他们的赞扬是对我这个职业女性的厨艺最美的评价吧！离别来临了，朝夕相处的我们内心有许多不舍，虽然我们都不说，可还是会有与平日不同的行为表达，比如今日的晚宴。这些触动让我的眼睛湿润，就像班上的美女大学生珍，这一段时间，只要碰到我，就挽着我的手臂，生怕我跑了似的。她总是跟我讲："老师，我舍不得你，我舍不得离开学院。"我总是乐呵呵地对她说："你这个傻孩子，离别是为了更美好的相聚。"可是单纯的珍可能永远也不会知道，夜深人静的时候，我也会默默地流泪。我也同样舍不得他们离开我。学会感恩离别，学会微笑离别，这也是成长。世上的聚散，正如大自然的阴晴，最平常不过了。

男寝的晚宴，让我披星戴月回宿舍，让我又有了一个感动的夜晚。人生，多么美好。教育之路，是一条盛开鲜花的路，我们一路感受芬芳。

师生情

贵州毕节地区的黔西县，离湖南益阳职院真的很远很远。

今年五月份，我因招生去过一次黔西。坐大巴到长沙，坐普快火车到贵阳，再坐大巴到黔西。千里迢迢，跋山涉水。美丽的黔西县城，美味的黔西烤鱼，纯朴的黔西民风，给了远行的游客意外的收获、真实的感动。九月份开学，班上竟然有两名学生来自黔西。看来，黔西和我已经有了很深的缘分。

九月份的军训，是学院给大一新生的第一个见面礼。黔西大山来的孩子小袁同学，勤勉踏实，在军训中脱颖而出。每天给同学搬矿泉水的是他，每天第一个到训练场的是他，每天鼓励同学坚持锻炼的是他。或许是天意吧！是否冥冥之中感应到我对朴实美丽的黔西的虔诚膜拜，才把大山里纯真的孩子小袁带到我的身边。九月中旬学院结束军训，正式开始上课。通过所有同学的投票选举，小袁成为16级环艺班的班长。他在一学期里的成长和表现是非常出色的，他得到了所有教过他的老师的认可。

记得开学后调整专业，班上又来了几名别的专业的学生。转专业手续繁琐，小袁带着几个新同学满校园地跑。有一次我在一教学楼碰到他，他满头大汗，用手抹着额头上的汗珠。我递给他一张餐巾纸，他笑了笑说："老师，我没事，不要用餐巾纸。"那以后，袁同学对我说得最多的就是这句话："老师，我没事。"大山教给他用刚毅去解决他遇到的所有难题。

还记得十月份的时候，班上来了一名贵州的女生。这名女生已经转来转去跑了几所学校。复读时看不到考上大学的希望，去自考培训学校又不可能有全日制专科学籍,所以姗姗来迟。几次转学使这位新生的心理产生了压力,所以她来到我们班上时小心翼翼,有些恐惧的样子。记得她第一天来校,我自己动手做了中餐,吩咐小袁带着这名新生到我家里吃饭。女生很害羞,不怎么夹菜。吃饭的时候,小袁大方地给女生夹菜,要她多吃点。这个情景让我想起了读高中的时候,让我想起了30多年前憨厚的表哥。表哥和我在同一所高中读书,姨妈让表哥接我去他们家过周末,表哥给我带了雨鞋,还跟班主任肖老师请好假,吃饭的时候也是一个劲的夹菜给我吃。现在阿姨都已经去世了,表哥在城市里开三轮车养活一家人,对我还是很关照。小袁给女生夹菜让我很感动,感觉这并非男生对女生的热情,而是作为班长对同学无私的关心,是一种欢迎新同学到来的真诚和礼貌。

当然,人都会犯错。在准备国学经典节目时,我曾经很严厉地批评过小袁。环艺专业是一个目前在社会上很热门的专业,室内设计将来都会走艺术化的风格。所以,我总是要求环艺学生增强人文底蕴。绘画是艺术的表达形式,人文底蕴是艺术的灵魂。在准备国学经典节目时,来自大山深处、缺少音乐熏陶的袁同学感到了困惑。一再推迟节目的排练,一再推脱布置的工作任务。我有些"情绪"了,严肃地批评了他。后来,他给我发了一个很长的短信,说他实在没有得到过什么音乐熏陶,实在做不了这个工作,甚至有辞去班长的想法。我给他回了一个更长的短信。开头就写"不是名师出高徒,而是严师出高徒"。我也做了自我批评,批评自己在工作中没有很好地控制情绪,没有和班长很好地沟通。我和他见面谈心,把强调人文底蕴对绘画的作用耐心地解说了很久。小袁听懂了老师的话,不但没有再提出辞职,工作比以前更卖力。

我们的节目在系里初选时选上了,后来因为人数不够等多方面原因没有到院部参赛。但是系学工办领导让我们保留这个节目,明年有机会再演出。同学们准备了很长的时间,买好了漂亮的班服。对系里的意见,我们都没有异议。因为我们追求的是参与的过程,而不是结果。大家在排练节目时感受到了旋律的美,感受到了古典文学的美,感受到了器乐的美,更重要的是环艺班师生共同创作之美。

每一天的工作我都很享受。环艺班 23 个学生就是我的 23 个孩子。他们个性迥异，尊敬我，也很善待我。环艺班是系里的优秀班级，班委会主要干部都是系里的优秀干部。所以，我没有任何理由不爱我的环艺学生。

当这些来自天南海北的学生，在益阳职院的图书馆安静阅读，我会感觉自己的工作虽然平凡，但是我的影响力已经浸润到大学生心田里。我的学生们会把我的理念带到祖国各地，这让我在图书馆陪他们看书时也会会心地笑。我会走进高等数学老师讲课的课堂，点评年轻帅气的高数老师的课；我会走进英语老师的课堂，和大学生一起重温英语语法；我更多的是走进专业课老师的课堂，看环艺学生的专业素养有没有提高。当然，也会有个别问题学生，需要我做更多耐心细致的思想工作。放寒假了，我心里空空的，因为我习惯了三点一线的这种简单而又丰富的校园生活。小袁他们好像看出了我的焦虑，说"老师你来我们家乡吧！那里山清水秀，老师去了我们那里可以写出更多的游记。"还有什么语言比这种邀请更能打动我，我的眼睛湿润了。师生的情怀是纯洁的，真诚的，我们都在成长。

16 级环艺班有一位女生，长得很清秀，也很聪明，可能脾气有点不太好，和同学老师相处有不和谐的地方。在城市的独生子女群里，这些孩子身上都有被溺爱的痕迹，过多的关爱会让孩子养成唯我独尊的个性。一个人如果不能设身处地地为周围人着想，就很难和周围人和谐相处，这名女生就有类似的心理状态。

第一次和专业课老师发生矛盾后，我把她带到自己的寝室，语重心长地谈了一个多小时。谈心开始时，她觉得自己受了很多委屈。道理讲清楚后，笑着离开了。

第二次是没有去上晚自习，经调查，因为她晚自习和寝室里同学发生了矛盾，情绪非常糟糕。第二天找她了解，这名学生一直都说寝室的同学欺负她。再找寝室的同学了解，是这名女生在寝室里和同学交往时没有设身处地为同学着想。可是这位女生就是走不出自己情绪糟糕的怪圈，还打电话告诉家长说老师和寝室里的同学一起欺负她，理由是这些人都是湖南人。无端地编织了这种荒唐的理由，我没有气愤的批评她，而是要她冷静下来。

两个小时之后，她情绪平静下来。想清楚老师这样做是为她好。后来我想，如果老师没有弄清楚事态，错在此而责问在彼，那么在接下来的相处中，室友们会有更多的怨气，这位同学会在寝室和同学相处更痛苦。所以，要改变一位学生的个性或行为习惯，需要时间。这位女生不排除还会有类似的问题出现，成长需要付出代价，不痛苦不流泪就不会反思，不学习不自省就不会进步。环艺的学生，从绘画风格可以窥见人品。以后走向社会，也是先做人，后做事。老师的责任是传道授业解惑。所以，发现问题就要解决问题。要修正老师自身的错误，也要及时修正学生的错误。在指出学生错误的时候，要有耐心，也要有信心。

十年树木，百年树人。红烛精神，就是无私奉献。把好的理念推行，为社会培养合格的社会主义建设者和接班人。老师关心学生，不仅仅是关心学生的学习状态，更重要的是了解学生的思想动态。一个辅导员，要在学生出现思想问题时，及时地处理问题，想尽千方百计解决学生的思想矛盾，防止学生出现严重的心理偏差。任何思想问题，在出现之前一定会有先兆。如果发现了先兆，及时处理了这些问题，就不会发生重大事件。这样，就会降低学院的安全事故发生率，学院的发展自然更稳步上升。辅导员要有全局意识，要有责任意识，在管理好自己班级的同时，协助同年级的辅导员一起搞好系里的工作。我们和学生一起成长，为了更美好的明天，铸就我们的民族魂。

夜鸣的秋蝉

　　夏日的燥热已经在四季交替中落幕，秋姑娘挽着硕果累累的花篮来到人间。

　　晚餐后，从四楼走下楼梯，走过四十八个台阶，走过几米远的水泥地，就到了学院西边围墙。围墙边有一条幽静的小路，这是属于我一个人的静谧世界。

　　这条僻静的小路，没有人来人往，在这落日余晖都很渺茫的时光里，秋蝉成了我最真实的朋友。

　　围墙边的草丛，是流苏的模样。围墙外的山峦，只是隐隐约约的颜色。远方传来的几声狗吠，那是与蝉鸣合奏的晚上的乐音。

　　听，秋蝉在变着戏法鸣唱。有短促的呼朋引伴，有激昂的山水吟咏，有微弱的声声叹息，有抒情的高雅旋律……秋蝉把声音送给夜色，夜色把秋蝉包裹在迷蒙的树影中。

　　白天行走在校园小径上，是听不到蝉鸣的。即使你踮起脚尖往上看，弯下腰仔细地聆听，也没有任何的蝉鸣声入耳。

　　只有在这日和夜交替的时刻，当黄昏的光线慢慢收拢，夜幕降临。当你一个人漫步在这僻静的小路上时，秋蝉才会让你知道它的存在。

　　夏蝉的鸣叫会让酷暑中的人们更加烦闷。当一场又一场秋雨来临，夜风的凉意轻抚我们的疲倦，秋蝉就这样不经意地来到这个季节，来到这一段属于我们生命里的美好时光。

　　蝉的生命是短暂的，当我们聆听这秋蝉的鸣唱，我们是否会感受到这丰富的乐音带给我们内心的震撼。我们人类往往无法冷静地面对人生的跌宕，太多的在意让我们的内心千疮百孔。所以，只有在这静谧的夜空下，听秋蝉鸣唱，看苍穹茫茫，才拥有了内心的充实与满足。

秋色里，夜风凉。蝉鸣一直都在，乐音此起彼伏。路灯把影子拉长，当你和自己的影子并肩，走在这秋意渐浓的路上，会感觉到人生的路上，所有的际遇都是生命的厚爱，都是可以独享的清欢。

拾荒的老人

学院坐落在益阳近郊，校外总有进来拾荒的老人。

学院东边围墙角落的垃圾站边，一个老奶奶佝偻着腰，时而蹲下来，拿一根棍子扒拉着，在垃圾堆里找废品，聊以获得微不足道的一点收入。他们一般会在清晨或者日落时去寻找，可能怕遇到更多的熟人。

垃圾站的清运虽然还算及时，但那股浓烈的气味真让人觉得难受。平常我们偶尔经过时都是捂着鼻子，快步绕过，避之不及。有些女生去倒垃圾，还隔一小段路就扬手一扔，垃圾袋子带着风声飞进垃圾站。也有封袋不严的时候，纸片、碎屑随之飘散。还有拿小垃圾桶去倒的，简直就想把桶子和垃圾一起扔了。因为把小垃圾桶里的垃圾倒到大垃圾车里时，是不得不多停留一会的，那些刺鼻的味儿往鼻孔里直钻，喉头发酸，眼泪都要流出来。可是，老奶奶好像天然免疫一般，在她面前，垃圾站好像是一块丰收的"稻田"，抑或是一处含量丰富的宝藏，弯腰寻找到的是大一些的废品，蹲下来扒拉出的是些零散的小物件。她会把它们一一分类，积累到一定数量再转卖到废品站，换到手的是和卖掉稻子和蔬菜所获的一样的人民币。

每当看到这样的情形，我就想起我的三姨。三姨是母亲的三姐，在母亲众多姊妹中，她个儿不高，眼睛还高度近视。读高中的时候，"双抢"忙不过来，我到三姨家帮忙插过田。三伏天的田间，水像烧开了一般。头顶着烈日，脚踩着滚烫的田间水，手夹着秧苗机械地插着，总觉得身后的田垄是那么的遥不可及。可怜的三姨戴着眼镜，一身泥水，一边劳作，一边吃力地后退。中午回家的时候，我看见三姨的眼睛肿了，脸也肿了。我和表哥们休息的时候，三姨还要在做饭的间隙，小跑着去地坪里翻晒稻谷。

生活是这样的辛苦。后来，实在是在地里劳动不来了，花甲之年的三姨进城给别人当保姆，靠照顾年纪更大的老人赚钱过日子。这样过了三五年，身体更不行了，也没人请了，苦命的三姨加入了拾荒老人的队伍里。

记得有一年正月，我去给三姨拜年。给她打电话，三姨在拾荒。我在那栋破旧的租房前等了好久，三姨回来了。在热闹喜庆的正月，城里的家家户户都在欢庆新春，只有极个别像三姨这样的拾荒老人，他们在繁华的城市里，穿梭在各个垃圾场。当她远远走过来时，我简直认不出眼前的这个老人。头发蓬松，手臂肿起，手背和手心都脏兮兮的。三姨硬是要留我在她家里吃蛋羹，我坐在满屋的废品中间，在新春时节，吃下了三姨给我做的蛋羹。看到我吃完了她做的蛋羹，三姨笑得跟孩子一样。那些蛋羹在我的胃里翻江倒海。也许我是想看到三姨的笑，想传递给她那些蛋羹很好吃的信息，才那么迅速地吃完，然后感觉胃里百般不适。

三姨已经过世好几年，是呼吸道疾病夺走了她宝贵的生命。于是，每当我看到拾荒的老人，我都会想起我那戴着眼镜插秧、戴着眼镜拾荒的三姨。

今年过年的时候，二姑跟我说，她给了那个当理发师的儿子五万元去大城市开店。二姑也是已过花甲之年的农村妇女，到城里来打短工和拾荒好多年，慢慢积攒了一点养老的钱。表弟已经成家很多年，在城市里有房有车，有可以赚钱的手艺。可是，已过而立之年的表弟没有给过二姑一分钱，却总是不断地索取，到最后连二姑的养老钱都全部拿走了。二姑的遭遇让我鼻子一酸。这些纯朴善良的农村妇女，儿子就是全世界。她们的过度慈爱助长了年轻一代的不良道德品质，让自己成了得不到儿女孝敬的母亲。

社会在不断进步，改革开放后，老百姓的生活水平不断提高。可是那些极个别的弱势群体，那些拾荒的农村老人，他们大多年事已高，没有可以保证生活质量的物质条件，没有与这个时代接轨的文化素养。她们徘徊在城市的繁华之外，她们徘徊在农村的致富门路之外。她们在没有明天的选择中挣扎，对自己的子女，给予不需要回报的痴爱；对自己的身体，采取不管不顾的漠视；对未来的奢望，是能够活下来。

拾荒并不可怕，可怕的是老人们在拾荒的过程中缺少自我保护意识。有些老人在拾荒时可能偶有受伤，但他们会在几块钱医药费面前犹豫，不去就医或敷药；有些老人珍惜食品，或者在挨饿的时候会咽下路人丢下的剩饭或点心。她们没带防护手套，也不戴口罩，若干年后，她们中的许多人会感染疾病，等待她们的是疾病的折磨和通往死亡的黑暗。

拾荒并不可怕，可怕的是这个社会对拾荒老人们缺少应有的关爱。当前，全面建成小康社会进入新阶段，精准扶贫在全力推进，社会保障体系将实现城乡全覆盖，但仍有一些人徘徊在小康之外，这是不争的事实。年轻一代中有成为"啃老族""月光族"的人存在。传承中华民族爱老敬老的优良传统，不仅在物质层面，更要在精神层面给予老年人更多的关爱，这是道义所在，也是责任在肩。老人们要严格要求自己的子女，让他们有担当，学会创造性的生活。老人自己也要科学使用那点有限的养老钱，千万不要犯傻认为全部赠予孩子就老有所依了。政府要鼓励社会力量关注参与夕阳红事业，真正实现老有所养、病有所医。让老年人有尊严地安享晚年，这是一个值得探讨的严肃的社会话题。

我们喜欢繁花似锦的生活空间，喜欢山清水秀的大自然，我们更喜欢和谐平安的社会风气，喜欢看到老有所养、老有所乐。愿更多的社会力量关注弱势群体，致力于投身到敬老养老的夕阳红事业，愿所有的老年人，特别是农村的老年人能有乐享晚年的每一天。

迎风桥水库

　　迎风桥水库，是坐落在益阳市近郊的一个美丽生态园。从资江一桥往北，经 319 国道，不过十五公里左右的路程，就到了资阳区迎风桥镇，往前再行驶两公里左拐上堤，迎风桥水库就如一位天然去雕饰的"秀丽村姑"来到了你的眼前。

　　这是一个人工湖，三面群山环抱，一道高坝将山坳低地变成了汪洋泽国。湖面水平如镜，成群的白鹭在水面沙洲间飞来飞去。一排高耸的高压电线钢塔跨水而过，随逶迤青山隐没天际，在空中晃悠的电线是飞鸟休憩的秋千。湖水澄澈，群山倒映在湖水中，湖光山色相映如画。风乍起，树和山的影子微微荡漾，电线杆的倒影成了弯弯曲曲的波影，宛如一幅灵动的水墨画。青山下，湖岸边，有或大或小的一处处沙洲，小草给沙洲戴了一顶帽，一些无名的野花在草地上恣意盛开，白色的、粉红的，星星点点，彰显着生命的活力。在这夏日的黄昏，它们带给我清凉的感触，点缀着这夕阳下的湖光山色。

　　从堤岸放眼望去，湖中有一处网箱养殖基地，那是一个用橡胶轮胎和竹木板搭建的"水乡之家"。不知是天气有些闷热，还是投放食饵不久，人在大堤上，都可以感受到鱼儿在水箱里的躁动。箱面水波翻滚，偶有鱼儿跃出水面，那白色的肚皮极速划出一条细线。守家的渔夫站在小屋前摇着蒲扇，两条狗在"水乡之家"的木板上走来走去。这种水上渔家的生活如此富有诗情画意，使我非常神往。住在蓝天白云之下，静谧的水库是温柔的港湾。枕着水波入眠，晨风吹拂梦境。人生难得几日闲，云卷云舒湖心月。安适的灵魂，伴随静谧的湖水休憩，何尝不是一种难得的生活情趣。

大堤的外侧刻着"迎风水库"四个大字，在杂草的掩映下不怎么清晰，不过估计站在319国道上或航拍的时候还是看得到。堤下是肥美的稻田，农民在这里开辟了种植园，西瓜正是成熟的季节。果农把洗脸的毛巾搭在颈上，一边从大棚里抬出一筐筐的西瓜，一边用毛巾不停擦拭着额头的汗珠。那一筐筐的脆皮西瓜被装进大卡车，运往城里。农民的汗没有白流，一摞摞的钞票鼓起了他们的腰包，撑起了他们的美丽家园。

农家的院子里和乡间小道上，有各式各样的果子树。桃子有的熟得咧开了嘴，暗红的李子外面裹着一层粉，瞧着就让人流口水。我在一株李子树下跳跃着，却总是摘不下一颗来，旁边过身的美少妇在浅笑。她走近了我，递给我一根树枝，告诉我用树枝挂。我还是不会，只见她娴熟地把树枝伸进果树枝里，两三下就挂下来好几颗。我没有水洗，用手掌擦两下，轻轻咬下一口，那酸甜惬意的感觉，真的让人难以忘怀。

日暮苍山远，山中的黄昏来得有点早。再远一些的风景，跳过壮阔的水面变得越来越模糊。这秀丽的湖，柔美的湖，澄澈的湖，有小舟在暮色下的湖中休憩，岸边的丛林在归鸟的嘈杂声中更显静穆。偶尔有几个人在说话，断断续续的声音，那是水乡人家在晚餐桌边把盏言欢，闲聊家常。只有从头顶掠过的小鸟，一直是叽叽喳喳的，它们飞翔的身影是水库静景里的动景。那些鸟儿的语言非常丰富，好像一群在此岸欢呼，另一群在彼岸应答。

迎风桥水库，灌溉周边广袤的农田，滋养着一方勤劳的农民。它以那博大的胸怀、富饶的物产，生生不息，融入我们生命的河流，连同这秀美的山、澄澈的水，一起汇入人间苍茫，托付给这静谧的夏夜，托付给今夜的酣梦。

资水之夜

我家住在资江边，晚餐后，常去资江河畔散步。

从益阳市第六中学新校门出发，向右拐个弯，绕过老校门前的巷子上堤，就来到了河边上。近年来，桥北风光带不断沿河边延伸，青龙洲一带旧貌换新颜。夕阳下，资江边散步的人三五成群。

年轻的女孩牵着宠物狗，一路溜达。温顺的狗狗在前面撒欢蹦跳，美丽的姑娘跟在后面咯咯浅笑。夕阳柔和地照在堤岸上，暮色下的江边有了温馨的画面。

互相搀扶的老伴，在夕阳下舒展自己的筋骨，脸上露出慈祥的笑容。还有些生病后行动不便的老人，坐在轮椅上被子女推送到风光带。资水静静地流淌，他们久病后乏力的眼神得到抚慰。生命的河流啊，时间的河流啊，在东逝的河水中静默无声。

中年的女人，她们解下围裙，走出厨房，来到资江河畔。夕阳下，她们的脸上还可以看出往日的动人轮廓，只有那些细小的皱纹在叹息岁月的沧桑。她们走着细碎的步子，轻言细语和别人交谈。迎面来的老熟人，或者街坊的老邻居碰上了，大家相视一笑，问候一声，那些美好的情谊慰藉老百姓平凡的生活。

只有欢乐的孩子，在风光带上闪动雀跃的身影。他们放飞风筝，踩着小轮车，溜着旱冰或滑板，一路跑着跳着。孩子天真的笑声是生活中的浪花。他们的笑声感染了很多散步的人，大人回过头来，浅浅一笑，是对童真世界的赞美。

不经意间，天边挂起一道彩虹。那七色的彩带是阵雨之后的馈赠，远望如同悬挂在资水之上的又一座桥。天边的晚霞瑰丽多姿，衬托着远山、高楼的剪影，像一幅不时变幻的油画。河边散步的人群无不驻足观看，并纷纷拿出手机拍照，以留下这美好的一刻。

彩虹和晚霞很快隐去了，远山在暮色中沉淀下来，这是大自然留给夕阳的背影。对岸会龙山上的福林塔在暮色中还是那么气势恢宏，栖霞寺在绿树掩映下依稀可见，白鹿晚钟似乎从千年的时空传来，空旷辽远，若有若无。资水上的四座大桥，灯饰全部亮起来，连通南北，璀璨夺目，一江相隔的城市在夜色下更有了浑然一体的感觉。月亮不知什么时候已爬上楼顶，桥面的灯光倒映出一江碧水金光闪闪。夜钓的人们在河边扎起一排排渔竿，如老僧入定般端坐河沿，是垂钓江里的鱼儿，还是垂钓江面的风景？偶尔也有一两句声音，从这头传递到那头，也不知是刷存在还是秀渔获。"浮光跃金，静影沉璧，渔歌互答，此乐何极！"我与忧乐天下的范仲淹体验到的是一样的意境，不一样的画面。

散步的人群逐渐稀少，高楼大厦里家家灯火通明。那每一盏灯火，都是一处温馨港湾。点燃高考学子的希冀，拂去职场打拼的风尘，抚慰躁动不安的灵魂，安享承欢膝下的天伦。家的感觉真是奇妙，白天，一家人为生活各奔东西，辛苦工作。夜晚，家人欢聚，在华灯初上时分共享晚餐是一种实实在在的幸福。也有游子还奔走在路上，那一盏灯，是家人在等待，是心中的希望，家的味道是梦里的芳香。

夜色下的资江河边，一盏盏路灯是城市的温情，一家家灯火是亲人的依恋。鱼竿上小灯珠的跳动带来夜钓者的喜悦，河面上航灯的闪烁引领方向，保障平安。只有静静流淌的资江，在时光荏苒中见证古今，容颜依旧，奔流不息，滋养万物。在她怀中生生不息的子民，以敬畏与赤诚探索她的神秘和博大，感知她的灵性与不羁。

生活的美好更多是来自繁华背后的宁静，就如此刻的河流，她滔滔前行，不浮不躁。人生的得失都是风景，日落日出之间，唯有清欢最美。夜色下的资水，带给我物我两忘的宁静，带给我心游万仞的享受。

校园听雨

　　四月的尾巴咬住五月初的口子，梅雨季节提前来到江南。凌晨的雨点敲打着窗户，懒床的人们便有了充足的理由。

　　城市很喧闹，到哪儿都是汽笛声。开三轮车的小贩在高声叫嚷，为了生计，他们在雨中奔忙。

　　只有去校园的路，才是一条幸福的路。

　　蒙蒙细雨飞扬起四月的芳香，那是花儿的味道。一教学楼后面的花卉园，在细雨中恭候。种在花盆里的各种各样的花，在跟着人类聆听雨的声音。有的花儿没有昨日怒放的样子，她们侧着脸，张开耳朵，仔细地听雨的声音。有的花儿低下了头，她们在沉思和回忆，回忆昨天那些温暖，那些阳光的味道。有的花儿贪婪地吮吸着雨水，很享受的样子，像久旱逢甘露的模样。花的香味儿没有昨日的醇厚，那些勤劳的蜜蜂也不知道去了哪儿。

　　满园的盆栽迎着这飘飞的雨点，守候这静谧的校园。丛林在盆栽旁边，是相约的"老邻居"。雨一直下着，那些水珠儿顺着丛林中的叶片流下来，流到松软的泥土里，流到我们的心田。被雨水冲洗过的叶片，在这多雨的季节闪耀着灵性的光芒。丛林的树叶并不挤挤挨挨，她们舒展在晨雨中，读着春天的讯息。

　　花卉园旁边的路上，有很多的积水，那是低洼地段的标签。小径通幽的路上，烟雨朦胧。这里的世界很寂静，只有雨在敲着树叶。

　　小径的两旁都是高大的樟树林，在细雨中，樟树林的绿意更浓。小鸟立在樟树木的主干上，只有飞翔的时候才叫几声。鸟儿是樟树林的朋友，日夜都守候着这片树林。

樟树林细密的叶子，飘摇在风雨中。一片树叶儿颤抖，另一片树叶儿翻飞。她们彼此在风雨中问候，眨巴着眼睛诉说流年。大树下面的草丛，走过了三月的复苏，走进了四月的疯长期，远看是流苏般的绿海，近看是震颤的绿色波浪。

樟树林中间的小道，都铺满了落叶。脚踩上去，软绵绵的。积水从树叶中冒出来，流到草丛里，纷飞的雨点丝毫没有停下来的意思。

江南的雨季，就像固执多情的少女，把这苍天的泪水，尽情地洒向人间。当我们伫立校园的樟树林听雨，浮躁不安的心绪慢慢地静下来。抚摸着樟树苍老的皮肤，触摸到年轮的味道。要有多少个风和日丽，有多少个细雨飘飞，有多少个风霜雨雪，才有今日这繁华的樟树林。

伫立在这江南四月天，校园的雨声带给我们难得的清闲。摇一摇树林中的枝叶，那些清新的味道溢满心间。那些绿海般的丛林，那些幽香味儿的盆栽，都是我们生命中的益友。听雨的时候，除了自己的心跳跟着这雨声律动，世界都是静寂的、忘我的。

人间的风雨后，会有多少离别的伤心，会有多少无端的误会，会有多少猜忌的茫然，雨声都不会理会，这大自然的甘霖在滋润着万物，在唯美着人间。四月的春雨，下吧！下吧！不要惦记有谁来过你的天地。四月的春雨，下吧！下吧！风雨过后，还会有蓝蓝的天。

校园里的樟树林

　　四月的阳光晴好，从一教学楼出来，在图书馆看了一个多小时书后，我便下楼。

　　樟树林竟在这芳香的四月等着我来，这里春风吹拂，这里小鸟欢歌。这片樟树林里生长着上百棵樟树吧！当我端坐在林中的小木凳上，遮天蔽日的树枝便是我头顶的自然风景。有的樟树枝条斜逸出很远，呼朋引伴的样子；有的樟树枝弯弯曲曲，造型很独特；有的樟树枝铆足劲儿往上生长，有搏击长空的意念。樟树林的地面在枝叶的掩映下忽明忽暗，小草儿在阵风来时微微颤动，一株和另一株在窃窃私语，谁也听不懂他们的言语。樟树林中的小径上，大多铺满了树叶。行走在樟树林，踩着这松软的树叶儿，在寂静的树林里仿佛听到了自己的心跳。

　　或许只有在这样的时刻，才觉得自己是属于自己的。这晴好的阳光，悦耳的鸟叫声，还有四月的芳香，都是大自然给予人类的恩赐。此刻，可以屏息呼吸，可以自由行走，可以静坐丛林。无论选择何种与树林相处的方式，都是幸福的！

　　当我四处走动，再靠近一棵大樟树时，自己的视角又有了新的发现。这棵大樟树，我合围都抱不住了。触摸树皮的瞬间，听到很细小的折叠声音。樟树的树顶枝繁叶茂，可树桩已经老态龙钟。就像我们人类的家族，一年又一年新面孔诞生，一年又一年又有生命的终结。靠近大樟树的瞬间，小草的香味散去，浓烈的香樟味沁润。偶尔还会有一片樟树叶不偏不倚，飘落在我的发际。似乎让我听到了大樟树对我的呢喃，岁月的痕迹在大樟树的枯树皮上留下烙印，每一寸阳光和每一滴雨露滋润着这大樟树，让它在这人间四月天里变得如此神奇。

我们只是站在大樟树下的匆匆过客，山中常有千年树，世上难寻百岁人。当我们心平气和与自然界的植物相逢，呼吸着充足的氧气，沐浴阳光，我们便会在这纷纭复杂的人世间拥有真实的幸福。樟树林不是普通的丛林，在这人间四月天里，已经美成了我们心里靓丽的风景，谱写着人间万物和谐的祥瑞！

职院的冬晨

后花园的清晨，是飞鸟的世界。冬天的早晨，空气里都是冷的味道。虽然学院的后花园已经被正在建的船舶实训大楼占去了半壁江山，但是依然是美丽的。

椭圆形的后花园现在变成了近似正方形的样子，只是后花园的池塘还保持着椭圆形的模样，银白色的护栏倒映在池塘里，池水荡漾圈圈涟漪，栏杆的倒影像插上了电源的镁光灯，在晨风中闪烁。树影倒映在池水中，是闪光的水墨画。池塘边的鹅卵石铺路，大小均匀，给晨练的人们按摩脚底。池塘并不寂寞，因为有花坛和丛林的陪伴和点缀。圆形的花坛有两种颜色的四季青装饰，绿色的、蓝墨色的丛林在冬晨里格外醒目，丛林的上面，有的地方有一层白霜，有冬雪的意蕴，却没有冬雪的寒冷。枯草丛铺在丛林下面，紧抓地下的泥土，温暖丛林的根系。圆形的花坛是大圈，棕榈树排成环形状，是花坛里面的花坛。棕榈树齐胸那么高，底部的棕叶泛黄，顶部的棕叶碧绿。层层叠叠，整整齐齐，是后花园里可以阅读的植物，十棵棕榈树成双成对排列在五个梯形的小花坛里，点缀着后花园的诗意。

花坛和花坛之间，是石板路，这些石板路是后花园的交通要道，由四块方砖和一块椭圆形的砖头并排铺成。石板路的旁边，是常绿的樟树，看起来树龄不长，这些陪伴石板路的小樟树，并不畏惧寒冷，在晨霜里呼唤温暖的春意。后花园最醒目的地方，是正方形的一条边上的风景。那是刚刚种上去的风景树，这些树的叶片都是红色的，上面沾满露水。有的叶子被虫子咬了几个小洞，小洞的下面挂着一滴水珠儿。一阵风吹过，水珠儿滚落下来。那是冬晨中最动人的一瞬。

正方形的边上都是大樟树，枝繁叶茂，冷峻威武。清晨凛冽的风，刀削似的拂面。行走在这些樟树之间，感受绿色的荡漾，感受清新的空气，感受校园的寂静。生命中有很多意想不到的感动，比如这静谧的清晨，绿草上的霜花，新种的风景树，这些樟树是飞鸟的栖息地。行走在后花园，冰冷的寒意减退不了飞鸟的热情，它们叽叽喳喳，它们三五成群，时而飞上枝头，时而掠过眼前。飞鸟的翅膀，是飞越世界的动力。当他们停下来，憩息枝头，就变成了树影上的小黑点。我很想去摇晃树干，让飞鸟摄入镜头。可是，只要走近树干，鸟儿似乎感受到人类的纷扰。来不及打开镜头，鸟儿惊起，飞过后花园上空，又安静地停到别的樟树上。可惜人类听不懂鸟语，无法进入鸟儿的世界。后花园顿时安静下来，只听得到风声，只听得到自己的脚步声。还有南飞的雁群，也和鸟儿们温和的告别。飞鸟是后花园的动景，最高明的摄影师也难拍到她们飞翔的身影。

学院的后花园是美的，晨曦在天际如织锦，飞鸟在空中歌唱，晨读时间在冬风中练声的大学生是点缀后花园的靓影。如果你喜欢冬天，喜欢飞鸟，喜欢晨曦，那就来后花园吧！

燃烧自己的卡路里

生命是一场抗压的旅行，与其在中年的长夜里呻吟，让懒惰的细胞吞噬你的躯体，不如激活生命的战斗力，燃烧自己的卡路里！

时光的秋天铺满落叶，缤纷岁月的念想。朝阳升起，当一圈又一圈的年轮走过，我们是否在时间的洗礼中泯灭自己曾经拥有的梦想和期待……举起双手，脆弱地慵懒地降服在现实的魔掌之中。

我们有一千个理由后退和疲倦，让生命坍塌在时间的河流。同样，我们有一千零一个理由奋斗和前行，在这种和自己较量的生命历程中赢得机会的青睐，赢得幸运的到来。

于是，我们在伤痛中继续坚持奔跑。当我们用脚步丈量这方神圣的土地，把觥筹交错中的获得交付给汗水。我们用自己的意念燃烧自己的卡路里，捕捉到的是不断升华的人生感悟。这个世界上，真正属于你的，除了蓝天白云，就是你的躯体和灵魂。

当头顶的风呼呼地吹过，鸟儿的欢呼声不断传来，秋天的暖阳一寸一寸移动自己的身子，整个田径场都是属于我们随意遐想的空间。或许，我们在悲悯的不如意的现实里沉默和哭泣，夜的黑渲染负面情绪。尔后，我们在晴朗的欢快的阳光中奔跑，燃烧的激情又一次点燃自己对生活的热望和赤诚。

这种失而复得的幸福，是属于这个秋晨里的秘密。这些秘密包裹着我们自己，惬意和窃喜是这一段旅程里最美的遇见。田径场的小草，似乎懂得了我们人类的悲喜，在晨风中舞动自己柔软的身姿。真想驻足此处，让时间停下来，和这些无名的小草握手言欢在这个秋季。

田径场边的樟树，浓绿在一年四季的春夏秋冬。诗人总是读他的茂盛和苍翠，可是这长生不老般的生命力不应该更值得讴歌吗？当奔跑的我们从跑道上走下来，扶着这枝繁叶茂的樟树，每一声喘息都是人类和自然的谈话。大樟树的叶子细密，在这个没有污染的场地里，晨风抚慰大樟树秋天的疲累，大樟树慰藉我们在这个秋季开始干涸的心田。这种美好的传递，战栗在我们的生命气息里，荡漾着人间春华秋实的美丽……

站在大樟树下面，习习的晨风冷却我们身上的热度。我们在树下伸展自己，腾空踢腿，有雅兴的可以空翻几个跟斗，或者打几套太极拳……

这些燃烧自己卡路里的过程，并不会是不可触摸的空中楼阁。我们登上自己的舞台，演绎一场属于自己的独幕剧。蓝天、白云、小草、樟树、暖阳和晨风，都是免费的舞台道具。我们在舒展自己躯体的时候，一点点找回自信，释放人生驿站的负累。于是，依然觉得虽然青春已经远走，我们的秋天依然美丽。

这些燃烧自己卡路里的过程，不需要鲜花和掌声。这种挥汗如雨的畅快淋漓，是回馈宝贵生命的一种答谢方式。衰老是一种不可抗拒的谢幕方式，适量运动是最好的调理身体的方式。这种启动生命美好状态的模式，会让你在跌倒中一次次重生，遇到更美好的自己。

这些燃烧自己卡路里的过程，不是一种刻意地美化自己的途径。不是在皱纹很深的脸上扑粉，走几步或者哭笑之间又露出了原形。这种愉悦自己、确保身体机能良好的操作，是一种不逊色的"美容"。让我们在风雨的人生路上，审视自己，更好地尽到自己的责任和义务。

秋天的落叶一如既往扑向大地，我们应该不动声色，不急不躁，在秋日里继续燃烧自己的卡路里。

传递"红烛精神"

这个立冬后的夜晚，走在校园里已经感到了寒意。今夜，我没有漫步的时间，已经约好与带的粮油班学生敦在寝室准备演讲稿。

敦是大二粮油班的班长，已经提名入围学院的十佳候选名单。我给他修改了参加演讲的稿子，让他在教室里试着演讲了一次。

虽然敦是一名优秀的班长，可是当他站在讲台上演讲的时候，给人的感觉完全是被"吓坏"的样子。他经历这种场面太少，演讲的技巧又缺乏，这种缺乏底气的演讲让他高度紧张的窘态暴露无遗。

这个来自湖南溆浦县的农家孩子，身上有很多优秀的品质，学习成绩也非常好，可是在上台演讲的时候，还是显露出他的一些弱点。或许每一个人都会有自己的缺陷，学生到学院来深造就是一种弥补缺陷的成长。

我走进 18 栋 401 宿舍，"师徒"都坐下来。我开始手把手地教他，应该在哪儿停顿，哪些地方要轻读，哪些地方要重读。

敦学得很卖力，进步很快！有的地方读不下去"卡住了"，他就站起来踱几步继续练习。

我反复提示敦，要准确理解句法的意义，拿捏字句的表达方式。就好比唱歌，一直停留在 E 调，没有起伏和变化，是很难听的。

这样一说，敦就理解得更透彻了。我时而听他演讲，时而打断他，纠正他的不贴切表达。

演讲者到了讲坛，其实就是一个"演员"。演讲稿是剧本，听众就是观众。

能够很好地沉入自己的演讲，就会达到一种忘我的境界，渐入佳境。

……

我和我的学生就这样伴读，这种情形，让我想起了三十多年前的自己。

读小学四年级的时候，全乡的小学集中在一起，举行一次朗诵比赛。

我记得我的年轻的班主任高粱老师手把手教我读课文。

"八年来，您为我们付出了多少心血"这一句小学语文课本中的话，竟然在这冬日的夜晚，浮现在我的脑海。

就这个"八"字，高老师就给我示范了无数次，连嘴唇的开合度都有要求。也正因为有高老师的指导，我在全乡的朗诵比赛中，获得了第二名。

这些美好的记忆，仿佛重现了当年的情景。就像当年高老师教我一样，我也在用我自己的方式，培养这位来自贫寒山区的农家子弟。我并不是刻意让他取得更多的荣誉，只是希望他通过这次演讲，能够有一次超越自我的机会。

这种超越会让他拥有更多的自信，演讲水平提高，个人素养也得到提升。

时光流转，三十多年弹指一挥间。这种美好的传承，在这个寒冷的冬夜，温暖了师生情。

语言的魔力，在于得体的掌控。如何贴切地把握好自己表达的情感，是一门学问。这种文化和思想的传承，就这样一代代传递下去。"红烛精神"，将会在人类浩瀚的历史长河中熠熠生辉。

我还不敢自称是一个完美的演讲者，那些年轻的同事音准比我好。我只有满腔赤诚，通过无私的教诲，让我的学生成长和受益。

或许很多年以后，这些完善自己的过程会让他们觉得学习是一件多么愉快的事情。一个人只有不断地学习，提高自己领悟生活的能力，才会拥有更多的快乐。同时，这种积累会给他将来的工作和生活带来更好的机遇，更睿智的顿悟。

作为一名高等职业院校辅导员，传承"红烛精神"是一种神圣的职责。我们要在工作中思考，不泯灭学生的天性，学会"点石成金"。这种细致的工作会带给我们更多的快乐，我们在大学生的成长中也升华了自己的人格和品格。

人生旅途

漫步西流湾大桥

黄昏时从市一中走亲戚回桥北，有了步行回家的想法。这连接资江两岸的西流湾大桥，是银城新修的一座双塔双索面预应力混凝土斜拉桥，我还是第一次在晚上步行穿过。

诗云：凤凰展翅飞，彩云在跟随，倾听山河水，风景我陶醉。这"凤凰展翅型"的西流湾大桥建成，很大程度上减少了银城一桥和银城三桥的车流量，对整个银城城市交通压力的缓解起到了不可忽视的作用。

从市一中家属区步行上桥，真实地感受到西流湾大桥凤凰展翅飞翔的美丽。秋天的夜晚，凉风习习。大桥桥面上的车辆川流不息，巨大的承重塔直插云霄，粗壮的钢索整齐地斜拉着桥面，力的美感呼之欲出。桥上的灯火变幻出各种颜色，五星红旗与中国结等装饰物鲜艳明亮。人行道上，散步的市民带着小孩，往前方溜达。有几个垂钓的渔者，竟从桥上放下钓鱼丝线，垂钓满江柔和的夜景。

两岸的风光带，路灯闪烁，倒影在河水中摇曳生辉。银城一桥和银城三桥是西流湾大桥的孪生兄弟，这些桥梁的灯影成一字型，交相辉映成人间的彩虹。银城的夜空在这摇曳的光影里沉寂，资水缠绕着彩虹，流光溢彩的夜景展示着现代文明，让这个城市的人们感受到时代的气息，感受到城市日新月异的变化，感受到这个城市的生活在越来越美好的轨道上疾驰。

西流湾大桥全长 1080.6 米，今夜我走过的主桥长 530 米。从桥的另一头人行道下来，扶着银色的栏杆，转了几十层台阶，就回到了桥北风光带。下桥的地方，就是银城的古长城的景点。

当我走下桥头，伫立在古长城上回望西流湾大桥，感受到这凌空展翅飞的"凤凰"，寓意这个城市美好的未来。银城位于湖南的中北部，北面是烟波浩淼的洞庭湖，东和东北部紧靠省会长沙市及岳阳市。银城水陆交通十分便利，这飞架南北的西流湾大桥，为城市的发展带来了崭新的活力。依江而建的美丽银城，依靠便利的水陆交通，发展城市运输业的优势，将沃野千里的农副产品运送到全国各地。城市的旅游业和工商业也不断地壮大。

今夜，是一个祥瑞之夜。资江两岸，万家灯火齐欢乐。这古老的楚地，延续着经济文明时代……

今夜，是一个和谐之夜。横跨资江的几座大桥，牵引着绚丽多姿的江南古城，腾飞荆州地域百姓的文化繁荣时代……

雄伟秀丽的西流湾大桥是城市万家灯火中的夜明珠，熠熠生辉，照亮银城的夜空，迎接美好时代。

郊外的田野

郊外的田野是出水芙蓉，没有任何刻意的装饰，带给我们对童年时代的回忆，带给我们对故乡的厚爱。

从学院正门往东，有一条宽阔的公路。从公路上往乡村小道行走，随处都是民居，乡间小路也十分平整。

在夕阳西下时漫步，我们偶遇的又会是什么呢？大白鹅伸长颈部，不停地叫唤着，行走的速度如行云流水。鸭子跟在后头，嘎嘎嘎地叫着，肥笨的躯体颤颤巍巍。这种鸭子不同于放养的水鸭，他们身体笨重，让人觉得它们的前进有危险系数，感觉它们那细小的脚爪撑持不了躯体，实际上它们行走得很安全稳当。

农家的房舍都是有后山的，那撑天的大树，笔直的竹林，都是房舍的背景。江南的农村，沃野千里，河湖密布。农村的面貌日新月异，标准的两层楼房随处可见，点缀的是一些新建的别墅。村民大都靠劳动致富，建起了漂亮的新楼，很多房屋都是紧锁大门，大概主人白天都是在外劳作的。

在公路的拐角处，房舍的斜对面，有看家的大黄狗，它懒洋洋地躺在大树下面，舒适地晒太阳。

乡间小路边上的庄稼地，是成片的油菜花，金黄一地。田埂上的野花，有的高出很多，有的香味儿浓烈，让人眼花缭乱，让人心旷神怡。

沿着小路往竹林深处，成排的竹子摇曳日光，当黄昏来临的时候，晚霞是歌咏这黄土地的序幕。

　　蓝天在头顶布景，竹林在眼前随风打着拍子。夕阳下的漫步成了诗意的旅程。三月的春风吹绿了江南，三月的春风吹皱了湖水，往竹林深处前行，是一个水平如镜的大池塘。池水十分清澈，夕阳西下，霞光闪耀在水面。落日熔金，春水共长天一色。

　　有几个垂钓的人坐在塘边，并不着急钓鱼。他们静坐在那里，呼吸这郊区农村清新的空气，阅读这静谧的湖光山色。鱼儿在池塘中偶尔弄出声响，那是玩着鱼跃龙门的游戏吧。

　　大水塘的另一边种满了风景树，夕阳下的倒影迷人。树的后面是民居，村民们建房时更喜欢依山傍水，喜欢这风水宝地。

　　花海如潮的春天，去江南农村郊游，去看农家房舍庭院深深，感受这个时代的富足，感受农村百姓的安居乐业。夕阳西下的黄昏，去江南水乡漫步，你会感受到江南的水乡是柔美的，江南水乡是灵秀的。婉约的江南，肥沃的江南，你的过去是沃野千里，田庄风貌。你的未来是千里富庶，美丽江南。

　　这片神奇的土地，濡养百姓，谛造千年水乡文明。这里风景如画，这里静谧祥瑞。没有任何理由让人不深深地爱我们的这土地，没有任何理由让人不喜欢这阳春三月，这美丽的黄昏！

　　啊，郊外的田野是一首清闲的小诗，意境朦胧，抒情格调浓郁。

老街的味道

老街的味道，是肉包子的香味儿。三十多年前，八九岁的姐姐抱着两岁的弟弟，姐姐的脚扭伤，爸爸背着姐姐来银城中医院诊治，姐姐的回忆里，只有老街那个早餐店的肉包子，那种香味儿，那种油腻味儿，是老街给一个乡下女孩忘不了的记忆。

老街的味道，是汽车开过去后的汽油味儿。初中毕业的女孩，来县城参加一次考试。那个时候还没有客班车出租吧！学校派了一辆运煤的货车，他们几十个同学，每个人带几本书放在车厢里，一路颠簸，奔向老街。那种汽油的味道儿，让懵懂的女孩十分享受。

老街的味道，是烟花的味道。读高中的时候，女孩在乡下读书，姑姑在县三中读书。差不多和女孩同龄的姑姑提前写了一封信给女孩，说学校有烟花晚会，要女孩坐船去老街。怕女孩找不到地方，信纸的下方还画了地图。那个烟花晚会，让花季的女孩感受到了流光溢彩的世界。

老街的味道，是紧张的味道。二十多年前，女孩来老街高考，第一次看到荷枪实弹的战士，守在赫山中学的门口。考场里坐在女孩前面的同学成了造福银城的公仆，坐在后面的同学去了远方杳无音讯。

老街的味道，是灰尘的味道。十多年前，女孩成了母亲，带着孩儿跟着先生进城。最先居住的房子是聋哑学校的旧房。一家人在一个废弃的平房里度日。寒冷的冬日，野猫的叫声震落墙上的灰尘，还有唯一的邻居，一个被老婆抛弃的男人，丧心病狂地殴打自己的儿子，那种凄惨的哭声让人一辈子都难以忘怀。

　　这十多年的时光里，老街的身影慢慢消失。慈祥的外婆，也消失在胡同口，她去了天堂。高楼，一幢幢在老街拔地而起。大桥，一座座连接银城南北。公路变了模样，汽车是甲壳虫，大街小巷到处都是。老街，成了纪念。文物建筑部门，把标识性的历史建筑封存。老街，成了回忆。驼背的老奶奶扶着老街的墙根，在回忆里寻找亲人的笑容。新春时节，陪老父游老街的游客比比皆是。将军庙这一处老街，游客非常多。银城的水运，在几十年前是最发达的交通运输方式。那古色古香的青砖，那翘起的檐头，那整齐的麻石街，那狭窄的麻石路，都勾起了许多回忆。离开我们的亲人，离别我们的朋友，在某一刻日落的篱笆墙边，又浮现在我们的记忆里。光阴似锦，断片的只是岁月的色彩。老街，不是人去楼空。老街，不是冷血无情。

　　老街，是历史的见证。老街，是银城的文化缩影。祖先的智慧，是城墙上的雕龙画凤。今日的繁华，隽写现代的文明。过去的时光，是难忘的历程。辛酸的泪水，萌芽出一些生活的智慧。走过苦难的岁月，走过那昨日的荒凉，走过曲折的历程。老街换新颜，如同那古树上的新绿，在点缀这个美好的春天，在歌咏这个时代的旋律。

　　老街如一坛老酒，打开时芬香扑鼻，回忆时蕴味无穷……

初冬的原野

初冬的原野，带给我童年的回忆，带给我对故乡的厚爱，带给我有些莫名忧郁的情绪里一些欢乐。

从小村的岔道口由高往低处走，乡村是橘黄色的油画。稻茬粗壮的胳膊在田野里连成一片金黄，羊肠小道是乡村油画里的五线谱，勤劳的村民在这谱子上弹奏生活的欢乐。

稻田的旁边会有一些菜地，这个季节里，白菜最令人喜爱。那翠翠的绿叶，那纯白的叶梗，颜色搭配得妥妥帖帖。村民们用的是农家肥料，那肥头大耳的叶子撒着欢，让人没有办法不喜爱。

小道的一边是新农村的房舍，房屋外观十分漂亮，新建的大都是欧式建筑。这些美丽的村居民楼是油画里最幸福的静物，她在聆听老井与篱笆的窃窃私语，她在聆听白菜与萝卜菜的互相问候，她在聆听屋顶黄鹂与鹧鸪相约鸣唱的美妙音乐。

稻田在小道的另一边，远山在稻田的正前方。拐几个弯，稻田可能又移到了后面。

正是在这个时候，油画的色彩变了，黄色变成绿色。

竹林在拐角处荡漾细细碎碎的身姿，每一阵风过，都是一种景色的变幻。欢天喜地是新修公路上的喧哗人群和车流，这里的静谧让人心旷神怡。

偶尔几朵红色的野菊花开在路边，却也是非常惹人喜爱。那隐藏在公路旁丛林中的一点点红，是这个季节带给人们的喜悦。

枯萎了一些的草丛，带给我们随意的聪慧。打滚在草地嬉闹是孩子的专利，这葱郁的草丛带给我们的是流淌在心里的希冀。

两边的树木好像牵着手的样子，公路是油画里无限延伸的情景。这条路上，走过的男男女女，老老少少，都曾读写着自己独特的一生。

远山上有多少棵树木？每棵树上会有多少片树叶？这是我们实地观察时看不到的。只是那些隐隐的绿色曲线，那些看似片片飞舞的叶子，载着我们心生的希望，在初冬的原野飞舞。

我们来自何方，我们情归何处。在油画的大自然原野里，在微观世界的宏观境界里，去超越那些束缚灵魂自由的名与利、爱与恨、悲与愁吧！

初冬的原野，没有凉风习习，只有原始的黄，养眼的绿，挤走你的满身疲惫。

初冬的原野，没有现代化的时尚，只有平稳的呼吸，随性的走动，让你的体能得到一些修复。

初冬的原野，写满江南的诗意，每一行都要融化在你心里。

板栗熟了

秋来到，后山上的板栗熟了。

中秋佳节，我们回到了老家。绿油油的菜园子，在秋风细雨中格外让人赏心悦目。

公公是一位勤快的老人，堂屋里摆了好多冬瓜，最重的恐怕有四十多斤。南瓜也很多，都是些葫芦状的，四方桌子下面都堆满了。我们一进家门，老人家就说："你们的邻居同事有喜欢吃这些冬瓜南瓜的，只管拿回家给别人。"我笑了一下，心想这么大的冬瓜，拿回去送给别人，别人也吃不完呀！

"哦，菜园子边上有四棵板栗树，你们自己去捡，板栗带回去送给别人方便一些。"老人家的心很细，看出了我们不想搬大冬瓜回家送给别人的情绪，又想起板栗来了。

下着毛毛细雨，先生没有叫我一起，自己一个人到后山下的菜园子捡板栗去了。

只见他弯着腰，躬身在菜园子边上。一会儿就叫我："快拿一个袋子来装板栗！"

我心里想着，这回"收获"肯定是不小的。大约半个小时，先生提着满满一袋子板栗到了台阶上。我和小姑子正聊得欢，看到了这么多板栗，都十分惊讶，这满满的一袋子，恐怕有七八斤吧！

先生去泉水边，取水洗干净了蘸着一些家乡泥土的板栗。我们姑嫂两个人，先找到几个没有去壳的板栗，小心翼翼地拨开那些外面的刺，品尝起来。

　　板栗素有"千果之王"的美誉，具有益脾健胃、补肾强筋的功效。熟透的板栗从全身是针刺的圆球里拨出来，这些刚拨出来的新鲜板栗，吃起来更脆，去掉那些红色的外瓢也更容易。这些经验都是小姑子告诉我的，我尝试了一下，果真是这样。

　　因为中秋假期短暂，我提前回去上班。先生让我带着一包板栗回学校。到办公室，我兴冲冲把这包板栗打开，给同事的办公桌上都放一点，包里还剩下一些。

　　快下班的时候，美女同事肖老师的儿子从幼儿园回来。我给了他一把板栗，他伸出小手对我说："这太多了，我拿几个就可以了。"那种绅士的小模样很可爱。我拍了一下他的后背，说："你真可爱"！

　　孩子毕竟是孩子，过了一会儿，他又回转到我身边问我："还有板栗吗？我还想吃……"看他这般可爱的样子，我心里很惬意，于是把包里的板栗全拿出来送给他。

　　下班后回到家，我把板栗如此受孩子青睐的事情说给先生听，他也觉得很开心。因为现在物质条件这么丰富，小孩吃零食都很挑剔。如果这种食品能得到小孩的喜欢，那真的是味道不错哦！

　　更大的惊喜在后头。晚饭在餐桌上，先生才告诉我，在我回去上班后，他又去后山捡了板栗。而且这些板栗，现在已经在去外省的路上，快递小哥在忙着转送……

　　孩子在他乡忙碌，两天后就可以吃到爸爸为她捡的板栗。这些板栗，都是爷爷亲自种树结下的果实，满满的一小箱子板栗，没有一颗是坏掉的……

　　我想起"前人种树，后人乘凉"那句话，我和我的孩子，不是在上一代人种的树下"乘凉"吗？

　　板栗熟了，父亲的爱还在……板栗熟了，孩子的天真依然还在……

　　这普普通通的果实承载了人间慈爱！

　　人世间，真美好！

故宫月饼

"山竹台风"是本年度当之无愧的"风王",9月16日登陆,珠三角位于台风"危险半圆",所以深圳珠海等风雨影响最重。

腾讯信息不断更新"山竹"到达珠三角的信息,朋友圈里的图片显示出台风到来时房屋震颤,大树吹倒,写字楼的玻璃橱窗受损后纸片漫天飞舞的样子……

此时,我的心绷得紧紧的。孩子去珠海上班还不到三个月的时间,和同事一起租住在狭小出租房里。不知道这个周末孩子加班没有,是否在上下班途中?因为她上班的地方离海是很近的。我心里有无数个意念在祈祷,让所有的灾难都远离我的孩子吧……她离家那么远,刚刚参加工作,住那么小的出租房,身边又没亲人照顾……

在我的担惊受怕中,我的电话铃声响起来,快递哥电话通知说我有快递过来。我才从担心台风灾害的情绪里醒过来,赶紧给孩子发微信询问。

"妈,是有台风在珠海过境,我们都放假三天。"孩子回答。

"妈,我给你们寄的故宫月饼今天到了吧?"她接着问我,在我担惊受怕的时刻,孩子却轻描淡写自己的困境,在关心着我们的中秋月饼啊!

我的眼睛湿润了,如何做一个孝顺的子女,孩子是我的榜样。我继续问下去:"出租房的结构牢固吗?在家里不出门食物准备好没有?"

孩子给了我一个微笑的表情，说出租房是老房子，结构非常牢固。又告诉我早就准备了几天的食物，自己在家里做饭，正吃着晚饭呢！

我们这一代 70 后城市里的工薪阶层，绝大多数响应政府的计划生育政策，只养了一个小孩。孩子们大学毕业后，大部分都不想留在小城，想去别的城市开拓自己的人生。

我们既没有能力在小城为子女搭建更好的就业平台，也编造不出更多的理由留住孩子奔波的步伐。留给我们的只有在她们出差搭乘各种交通工具时，我们的种种担心；留给我们的是她们用柔弱的身躯扛起自己的行李奔赴人生征途的背影；留给我们的是那个城市的气象预报，让我们在有恶劣天气的时候送上几句简单温暖的问候。

再过几天，就是中秋佳节。忙于工作准备考注册会计师证的孩子，是没有时间回家的。只会在她爸爸在家里养的兰花的照片发在家庭 QQ 群时，来一句"哇，好美的兰花呀，我好想回家！"可是这种回家的意念，只是想想而已。在按部就班的现实生活里，她还必须不断地修炼自己，让自己能够融入这个离乡背井的城市，能够在这个城市过上体面一点的生活。

我的手机又显示了新的微信信息。

"妈，你这几天还有需要买的东西吗？正好没上班，帮你们买好吧！"

我的眼睛再一次湿润了。

才上两个月的班，已经帮我买了防晒霜、面膜、防晒伞、故宫月饼……

孩子知道自己没有时间陪伴在父母身边，这些快递的物品成了一种亲情的纽带，充分地表达了孩子对我们的关心。孩子还在每次接听电话的时候，在电话的另一头浅浅地笑，表达自己的欢乐。可是我知道，这条融入别的城市的路，对于一个平民子女来说，是一条艰辛的人生路。只是希望这些孩子在每一个奋斗的日子里，会有跋涉的快乐，会有短暂的休憩时的轻松，会有眷恋亲情爱情的甜蜜……

中秋节马上就来临了，在这个月圆人欢乐的团聚之夜，我和我的孩子将共享天上的明月，享受人间的天伦。不知道还有多少在路上的"故宫月饼"，在这美好佳节来临的时候，传递着人间真情。月宫里的嫦娥，不再寂寞舞广袖……

　　慈祥的父母在家里，感恩的孩子在流浪。月儿是轻舟，在浩渺的宇宙轻轻飘荡……

真 相

生活很严酷，有时变成了放大的哈哈镜；生活很真实，有时没有甜枣也可能得到几个耳刮子；生活很酸涩，离人的泪在疼痛中纷飞；生活很无奈，揪心的阵痛在午夜梦醒后清晰。

有时我们会选择一条路，或者不得不选择一条路。荒凉的沙漠，在旅行者坚实的步履下丰富；高山上的雪莲，在日月的辉煌中圣洁；隔着肚皮的人心，在虚假和伪装下破碎；放弃希望的沉沦，碾碎所有曾经的美好。

年少的时候，总是会天真地守候岁月的美好。把日出日落读成诗，把山盟海誓编成曲谱。想象的美好在现实的肥皂泡幻灭之后，生活的真相一层又一层拨开，拨开你幼稚的唯美，拨开你憧憬的曼妙，拨开你一阵紧一阵痛的无奈。

生命在负重中前行……走过岁月的风尘，走过现实的沟壑，走过一次次幻灭的沉重，置之死地而后生。饱经风霜的心啊，越来越丰厚；流多了泪水的眼睛，越来越澄澈。

诺言的美好在意念中闪现，照不到现实的多棱镜里。诗意和远方在离去的风帆中，余音绕梁是文学的抒发，船和岸越来越遥远……

我们有权力想象着幸福的梦境，在回忆里追寻岁月的甜蜜；我们离开现实的苦难，在某个黄昏某个景点流连；我们去读一本书，记住一些好词佳句；我们激越地舞动自己的躯体，把苦难的汗水埋进黄土地。

那些不堪回首的过往，就让它随风去，随风去……

揭开真相不一定就是有勇气，汹涌的大海随时会吞没那些小小的船只；难得糊涂是一种智慧，睿智的水手在险象环生中获得重生。没有谁能帮你走过那些欺骗、谎言、伪善……你是你自己的主人……守候自己的真心……

在磨难来临的时候，我们宁肯相信总会拥有苦难离开时的欢乐。世界并不会在你灰暗的日子里变成末日，我们要努力做好自己，苦其心志的日子会守得云开见月明。

除了那些伤天害理的冤情，我们悲喜的生活中，不锱铢必较那些庸人自扰的真相，也是一种明智的选择。我们在仁慈的情感中，度自己，度他人，去拥抱明天的朝阳。

婉约的江南

锣鼓声声震天，船如离弦的箭，青皮后生齐声呐喊，江南水乡沉睡千年后碧浪生！向前，奔放向前，在龙舟上划出继往开来，在水花中荡漾生活激情！

屈子的一滴清泪，养护汨罗江千年。哀吾生之艰难，长掩面而叹息。历史的长河，流淌华夏儿女的爱国思潮。洞庭湖水系，洗涤岁月尘埃。正义的呼声，慰烫屈子千年的战袍。民间的疾苦，是刻在古典文章上的句读。

打小的时候，在童年的路途上，龙舟赛是孩子一年中最盼望的热闹。端午节还隔那么久，奶奶就晒豆子，晒芝麻，做成端午节的小吃，琐在那大木箱子里，那香味儿把我们变成梦里的小馋猫。

妈妈会给我们做一套新衣裳，压在箱底。也是要等到去看龙舟赛的时候，才会让我们姐弟穿上。

那些等端午节来临的日子，是回忆中最幸福的时光。下几天小雨，婉约的江南，迷蒙的天色里。乡民们都在相互转告，这里下的是龙船水，过几天就要赛龙舟啦！

于是，我们会尾随人群，在资水的堤岸上看热闹。前面是人山人海，后面还是人山人海。我们夹在人群里凑热闹，咀嚼着奶奶做的小吃，在挨挨挤挤的人群里，香味儿四溢。弟弟是家里唯一的男孩，坐在爸爸的肩头，是人群中最得意的模样。

远去的童年，还有父母压弯的脊背，一起靠近我们中年的港湾。婉约的江南，赐予我们灵性，赐予沃土江南，赐予风景如画。永不改变的还是那些传统的节日，那些锣鼓喧天的热闹。

现代生活的快节奏，让我们为了生活劳碌奔波，离开亲人劳碌奔波。资水湾还是那样清澈，汨罗江畔的大雁南飞。我们在回乡的路上，唱着童年的歌谣。教我们歌谣的爷爷，已经离开我们去了天堂。我们在故土上行走，那一阵阵悸动在心头。爷爷留给我们的忙碌的身影，是最后的慈爱。

热闹的龙舟赛，用上了现代化的航行工具。帅气的小伙子，全副武装。他们使劲地往前划，展望美好的生活。他们用劲力气往前划，开创时代的福音。婉约的江南，沃野千里的江南。沉睡的大地醒来，爱国的情怀高涨。我们在赶往龙舟赛的路上，百姓奔走相告，他们的幸福写在脸上。

回到妈妈家里，吃一个香喷喷的粽子，喝一口家乡的米酒。婉约的江南在梦境里芬芳，婉约的江南在乡愁里清晰。我们把疲累放下来，我们把酸辛放下来。我们枕着柳絮飘飞，我们枕着鸟语花香，我们枕着端午节的艾蒿，幸福地睡着。

历史的车轮不会停滞不前，那些时代长河里的浪花激越。我们重拾笔墨，书画婉约的江南。我们传承祖先的文化，融入现代人的脉动。翻开历史的新篇章，重读《离骚》，重读《岳阳楼记》，重读《史记》。婉约的江南，是文化浸润的江南。柳永的《雨霖铃》，在江南飘飞柳絮的古韵。读戴望舒的《雨巷》，江南水乡的女孩也会撑一把油纸伞走雨巷。只是不再徘徊，是流连美景在江南。

婉约的江南，等你来！等你来赛龙舟，等你来吃粽子，等你来感受这华夏的南国！婉约的江南，鸟儿会鸣唱动听的乐音，风儿会轻抚你的面容。稻穗笑弯了腰身，竹林是荡漾的绿海。风景迷人的江南等你来，等你来清唱几首歌谣，等你来划上轻舟过荷叶田田。都说人间很美好，可是我们永远喜欢婉约的江南。

远去的时光

　　清晨的鸟叫声惊醒晨梦，秋风阵阵。篱笆墙边的落叶满地，朝霞在樟树顶梳理着秋晨的颜色。在一寸一寸移动的时光里，我们悲喜着我们的悲喜，欢乐着我们的欢乐。当黄昏降临到人间，暮色苍茫，不管你是浪迹天涯，还是漫步乡间小道。在滴答的时间河流里，又翻过了一页日历。尘世的苦不会用容器来斗量，那些不可预知的灾难可能会幸灾乐祸偷袭你。尘世的欢娱不能用文字来书写，那些天赐良机会带给你一些小窃喜。我们的生命在日与夜交替中前行，苦乐装扮了时光的颜色。

　　春天来了，百花争艳。繁花似锦，百鸟争鸣。我们陶醉在缤纷的花季，我们迷恋春姑娘的舞步，我们写诗歌咏春天，我们涂鸦春天美丽的色彩。当夏日的燥热一天天逼近，那些花容失色的惶惑让我们感知季节的变幻。热浪炙人的街道，火龙一般的公路，当汗流浃背的人群浮游在人世，当城市的汽车在马路上吐着热气，夏的味道儿让人类焦虑。不用太久的盼望，秋天来了，一层秋雨一层凉。虽然没有了昨日的温度，如同这熙熙攘攘的人世间，喧闹后的独处有了格外的寂静。秋天是和风细雨的季节，黄昏时的炊烟不见了，只有如烟如雾的雨丝，在敲打这个季节，在等待寒冬的来临。白雪飘飞的时节，当凛冽的寒风刀削似地吹拂你的脸，就意味着你人生中的又一个三百六十五天很快要离去。在不经意之间，你的年轮又画过了一圈。

　　当你饿了就哭，累了就睡，你还留在生命起始点的婴儿期。你的天真无邪的眼眸还在打量着这陌生的世界。你慢慢长大，背上书包，你会走进教室，走进知识的殿堂去认识世界。青春期的迷惘，成长中的困惑，都是生命中的音符。当你开始懂得爱，学会爱，你会遇到你生命中的另一半，你会拥有自己的小家庭，会孕育新的生命。在没有步入中年的时候，你还不会感知生活的沉重。当老人在医院呻吟，当孩子和你的距离越来越遥远，当你发现自己身体的一些器官在报警，生命或许已经步入多事之秋。上楼梯的时候，你才会开始放慢速度。举杯的时候，会思量自己的血压。独处的静会成为你喜欢的时光，中年的桨划过生命的河流，把一切的喜怒哀乐都深藏。当拄着拐杖的老年颤颤巍巍走来，我们会更多地读懂健康的含义。我们要坦然地面对一切身体上的灾难，我们还要平静地面对孤单的每一个时刻。在稍纵即逝的时光里，我们拥抱自己的每一个黎明，点一盏智慧的灯，照亮我们生命的余音。

美好的时光总是短暂，生命在负重中前行。我们是尘世的种子，在萌芽，在怒放，在结果，在消亡。时光的河流，不会带走唱给自己的每一个音符。我们要迈出坚定的步伐，唱好自己的生命之歌。

资水湾

中国有五大淡水湖，洞庭湖位居第二，湖区总面积 18000 平方公里。

美丽的银城坐落洞庭湖水系的资水之畔，家乡沙头镇是资水旁边的小镇。

童年的记忆中，小镇是繁华的。小镇上有一个地势较高的百货商店，上学那会儿，妈妈曾经在那里给我买过一件红色的运动服，那是我生平穿的第一件时尚的衣裳。

小时候村上都发布票，过年过节都是妈妈拿布票买布给我们做衣裳。我们兴高采烈，过端午节的时候，妈妈会带我们去资江看赛龙舟。

妈妈会事先做好一些红薯条，或者炒豌豆，带上我们步行十多里去沙头镇。有时候妈妈不想带着我们，因为我们走得太慢，耽误她回家做事。有时候运气好一些，在路上会碰到开拖拉机的邻居叔叔，刘叔叔会让我们坐在颠簸的拖箱里。那冒烟的拖拉机一路吐着黑圈，把我们带到沙头镇。

回忆总是很迷人的。我们夹在人群里，被挤得一身汗。只看见前面的人身上穿新衣裳，后面的人身上也穿得很漂亮。只能偶尔看到过身的龙舟，一色的青皮后生，一声声呐喊，船在奋力向前，岸在极力后退。我们母子几个很兴奋，感觉像自己赢了比赛一样。

那时候，都是沙头镇和对岸的小河口镇比赛。村里人都说，一定要赢龙舟赛，赢了就会六畜兴旺。有时候，划龙舟的后生还会在河中打起来。落后的思想是害人的根源，胜败乃兵家常事。读书的老先生都摇着头，说那些打架的、争输赢的人都是不对的，我们老百姓划龙舟就是为了纪念爱国诗人屈原。

端午节的时候，大人都会包粽子。包好的粽子也要投一些到资江，让鱼虾不惦记诗人屈原的味道，让爱国的亡灵安息。

看完龙舟赛后，妈妈会带我们去对河的外婆家吃端午节的大餐。说是大餐，也只是桌上有些鱼和肉罢了。为了等上这看龙舟赛和去外婆家这些快乐的事，我们心里盼望了好久。

正如邻居杨奶奶唠叨的那句话，过完年就盼端午节，你个挨千刀的。这是杨奶奶在骂他儿子，那个好吃懒做的浪子。每当杨奶奶骂这些话时，我的心的扑通扑通地跳得快，感觉自己也有些坏。

读高中的时候，我们学校就在沙头镇尾。资水河边有很多鹅卵石，有时候遇到烦心事，就去河边丢小石子。看那些荡漾开来的水花，心情好了很多。记得河边上还有一个很大的石块组成的假山，我们会约上三五个好友，坐在石块上闲聊。有展望未来的踌躇满志，有文学爱好者的诗词歌赋朗诵。资水在我们身边静谧，夕阳的余晖照在我们身上，青春的梦想有着甜蜜的忧伤。

时光总是流逝得很快，叶子青了又黄，白雪飘飞后，春暖花开。我们慢慢长大，上学。离开家乡，在外漂泊。兄弟姐妹各散一方，我们都在经营好自己的家庭，都在做好自己的岗位工作。同窗情谊渐浓，相聚的日子短暂，离别的时间悠长。

当中年的步伐来临，生命的厚重感扑面而来。在异乡的黄昏，会想起那些童年的岁月。

静谧的资水是睡梦中的仙子，在辗转反侧的乡愁中拍着梦的波涛。资水两岸的百姓，在新的时代开始富足起来。

当一年一度的端午节来临，我们那些一起长大的伙伴，是否已经开始谋划？要定好高铁票，或者飞机票，要回老家看龙舟赛，要回老家看白发苍苍的妈妈。

家门前的艾蒿已经长得非常高，粽叶已经剪下来，洗干净凉在灶台。糯米存在米桶里，还要掺进一些绿豆放在粽子里。家门口的乡村公路修得很平整，樟树叶儿又添了新绿，在暖阳下翻滚碧浪。

池塘里的鱼儿在游来游去，很快乐的样子。菜园子里，白天能听到风声拂过苋菜叶，晚上蛙声阵阵。

资水湾，也在等着远方的游子归来。等着你们带回先进的技术，带回先进的管理经验，带回大都市的文明，带回豁达乐观的精神面貌。啊，资水湾，灵性的水，家乡的呼唤漂洋过海；啊，资水湾，富饶的物产，亲人的期盼披星戴月。回来吧，这里日新月异，这里美丽丰厚。端午节就要来临，你的日程安排表里有没有故乡行，龙舟已经在资江里下水，后生们在操练……

银城的夏晨

　　六月的银城，是炽热的。虽然银城属于亚热带季风气候区，年平均气温只有16℃。可是这盛夏的银城，真的让人热得无处藏身！有的市民去远方避暑，有的恨不得整天待在空调房里，最辛苦的还是那些在户外工作的人们！

　　中午的街道上，热浪扑面而来，高达40℃的气温让街上的行人减少很多。一天中最热闹的就是夏晨。

　　新修的街道，在朝阳下半明半暗。街上的车流如织，除了弄堂口有些许风，其余的地方都找不到风的影子。

　　从桥北家润多超市门口开始，边吃早餐边往前赶的行人挺多。肯德基店生意兴隆，是年轻人喜欢的便捷食品。街道旁的小服装超市，正打开门迎接那些逛早市的人。

　　这服装店只卖两种价格的裙子，60元一条和30元一条分两边摆放。去早市买菜的主妇们，到街旁卖菜的菜农，或者是来银城走亲戚的客人，在早上八点时分，竟挤满了半间门店。这服装店的老板是一位临近花甲的资深美女，看上去很有亲和力。

　　紧邻服装店的是银行，银行开始营业的时间要迟一些。还在城市的晨里休憩，以便更好地服务市民。

　　再往前走，是一个有川味特色的早餐店。五元一份的凉面，两元一杯的豆浆。当我也懒得在家里做早餐，坐在这里享受一次便捷的食品时，突然会有一些莫名其妙的想法，就像那摆放的油条，我们在尘世的晨里遭遇各种煎熬，为的是麦子花开的芳香，或者是油条成型后的味道。谁也没有发现，我边吃油条边窃笑的样子。早餐店的服务生很年轻，生意也非常好，因为比起路边摊位更干净舒适一些，这里有雅座和空调。

早餐店的门口有几个卖菜的老大娘，水灵灵的蔬菜，是刚摘下来的样子。不一会儿，那些主妇们就在那筐里反复挑选，那精挑细选的样子让人很吃惊。走上前问卖菜的老大娘，才知道她老人家已经年过七旬。老大娘身体偏瘦，虽然是很衰老的样子，可是精神状态很不错。大娘毕竟已经年迈，她动作迟缓的样子和主妇在一堆的菜蔬里面精挑细选的样子形成鲜明的对比。在这盛夏的晨，竟带给我一丝丝凉意。

接着往前走，就是大批发市场。这里热闹非凡，人声鼎沸。批发的水果，腥味的鱼类，叫卖的声音。这才是接地气的百姓生活。当市民拿着一袋又一袋食品离开这里，城市的晨会在烈日下填饱自己的胃。

当资水在我们的眼眸里澄澈，阳光把银城的一桥晒得发烫，城市的晨在高温的逼迫下慢慢地离开。无论是美好的，卑微的；无论是贫穷的，落后的；无论是欢乐的，痛苦的，都是生活的酒。

城市的夏晨，樟树叶儿在昨夜开始盼望复苏，他们希望这活力会带给城市更和煦的晨风。

城市的夏晨，江水在深处静流，或许我们在城市里都变得太浮躁，静心的日子是最幸福的。

城市的夏晨，知了的声音只能在电子产品中听到吧！不是城市里没有知了，而是城市太吵闹，知了的声音太小。

我们在城市的晨里快乐着，悲伤着，休憩着，喧哗着。只是忍不住，会想起小时候，村口刚刚亮时静谧的晨。

诗意的雨夜

六月的江南，有了燥热的味道。昨日气温比前几天并不低，只是天空灰蒙蒙的，感觉要下大雨的样子。蜻蜓在操场低飞，负一楼的墙角有了湿漉漉的痕迹。空气很闷热，这种天气容易让人疲倦，瞌睡的意图很强烈。

夜半时分，风吹起窗帘摆动，外面响声很大。老天爷忍了又忍的脾气终于发作了。没有电闪雷鸣，没有车鸣汽笛，那瓢泼似的大雨在深夜里就这样使劲地敲打着窗户。

就这样舒适地闭着眼，聆听夜雨的声息。芳香的泥土味儿从楼下升起，那是隔着窗户都熟悉的亲昵。马路上的尘土此刻也被冲洗，还有夜市里的醉汉，可能也会半醉半醒在人世间。

屋内感觉不到的风声紧，户外的树叶儿在阵雨中翻滚，老叶儿飘零到路边，新叶儿紧紧抓住枝条，像新生儿不肯离开母亲的怀抱，像久病的老人看到春天的暖阳。雨，就这样猛烈地下着，就像那些激昂的进行曲，没有很低沉的节奏。

资水在今夜会丰富起来，天地大循环，人间多沧桑。晴天的雾气云蒸霞蔚，蓝天上白云朵朵。雨夜的沉闷是悲天悯人者的知音，对于那些乐观开朗的人群，雨夜就是另一种壮观。

铁马冰河入梦来，那是战士的号角在夜雨中吹响。等闲识得东风面，万紫千红总是春，那是诗人的雅兴在雨夜里滋生。临行密密缝，意恐迟迟归，那是母爱在雨夜里慰藉。天上的星星不说话，地上的娃娃想妈妈，孩子的梦呓是雨夜的和声，让夜的黑在人间明亮起来。

　　夜雨遮盖不了蛙鸣，总有几只"猛男型"的青蛙扯着嗓子，让夜雨的世界丰厚起来。蟋蟀去了哪里，谁能知道啊？那不能联唱的动物世界今夜也很无奈，各在各的窝里打着呵欠。雨似乎没有停下来的意思，就这样唱着高昂的曲调，水洗尘埃，尘世的灰尘与黑暗在雨的冲刷中远去。人生如白驹过隙，我们在夜雨中清醒，我们在烈日下喘息。哪一段是好时光，哪一段时光难蹉跎呢？夜雨的诗意在轰鸣中迸发。清醒只是一个章节，昏睡的感觉来临。

　　夜雨就这样在我们的睡梦里酣畅淋漓，明晨的世界会是干净的，美丽的……

乡村夏夜

农耕生活，是都市人内心也会向往的一种生活方式。

汽车的轰鸣声让人心烦意乱，霓虹灯好像是瞌睡人的眼，人潮如织的大街上，行色匆匆的人们交汇彼此陌生的眼神。于是，就像小时候渴望上街一样，我们久居闹市，渴望静谧的乡村之夜。

天边的一抹晚霞，在村尾悬挂起丝绸般的帷幕。远山静穆，暮色的步子踩着晚风来到村子里。

潺潺的溪水清唱着，叮咚的声音传到小村的第一座桥头，传到弄堂口，摇着蒲扇的老奶奶，眯缝着眼睛。在这盛夏的夜空里，头顶的星星眨着眼睛，诉述流年的风尘。偶尔有流星划过头顶，不知道这星际物体，又陨落到了何方。

想起小时候童话故事里的魔咒，一颗星的陨落预示着一个生命的轮回。夜风中，我的心口紧了一下。月如镰，照在洪水过后的庄稼地里，朦胧的月色镶上荒凉的底色。

当我们拿起斧头，随意砍伐山林；当我们毁坏农田，建起更多的工厂；当我们对饲养的牲畜投放大量的助长食料；当我们对食品增加更多的食品添加剂。我们才会在今日的洪灾过后，在静谧的乡村，看着荒芜的庄稼地，生出心底的寒意。

夜行人的脚步声，打断我的沉思。村头的狗吠声随着夜行人的远去响起，大堤外的荷花池里，莲花正在此刻悄悄绽放。还有荷叶下面的小鱼儿，也该休憩了吧！田垄边上种的菜地，一直都是丰收的模样。这种靠有机肥料栽种的辣椒，吃起来辣味十足。茄子树上肯定有两种颜色的茄子，白色的椭圆形，紫色的更圆一些。番茄熟透的是红色，没有熟透的是青色，那么多的番茄，都要把番茄树扑倒，心灵手巧的农妇在它旁边搭起支架。

蟋蟀在墙角弹琴，墙根上的蚂蚁还在忙个不停吧！朦胧的月色下，动物世界的聚会也很温馨。这个世界很和谐，大家都各找各的乐趣。

桥头上并不会空落，小溪涨水后又退了，桥底下是网鱼的好地方。只是那些鱼儿，在经历千难万险之后，没有了本来的模样。它们的腮部都是污水留下的气味，这些网捕上来的鱼没有了往日的鲜美味道。

乡村的房舍，此刻都没有辉煌的灯火。黑暗是夜的主题，只有忽明忽暗的萤火虫，在夜游这静谧的乡村。大路旁乘凉的老人家，已经回到自己的家里进入梦乡。那清凉的山泉井水，此刻也没有人来摇。

小村要开始酣睡啦，所有的生物都进入夜的静谧之中。就这样周而复始，就这样迎接黎明。

乡村夏夜，带给我们简单和寂静，带给我们沉思和遐想，带给我们回归自然的舒坦。渺远的苍穹，苍翠的山峦，古老的山寨，是融入生命的美丽画卷。只要我们自己内心保持着那些真诚，就会拥有更多的感动。

三益街站

市六中起床铃敲响的时候，我还在迷迷糊糊的昏睡中。床外的小鸟叽叽喳喳，围墙外的资江边此刻晨风习习。开窗的时候，一缕清风绕过发际，美好的一天开始。

田径场似长方形，像精装书的花边，清新的空气溢满丛林，补给给跑道上晨练的人。红色的跑道上画着白色的圆，一二三四五六七，那些白色的线条在脚底下跳跃。一会儿，汗水从额头，从手心，从胳肢窝冒出来。运动旋律变成田径场跑道上的音符，在七根白线上弹奏。当我气喘吁吁的时候，足球场里的小草绿油油的，似乎在给我打招呼，让我放慢脚步，绕着跑道又漫步了一圈。

吃完早餐，我会离开校园，去我上班的学院。

从家里出来，经过田径场，经过艺体馆，经过弧形的校门，就是去三益街站的路。

出了校门，会有一条柏油马路，马路的两旁，是金花湖村的菜地。那一片菜地种满了蔬菜，初夏时节，蔬菜品种繁多。辣椒挂在辣椒树上，真惹人喜爱。让我想起小时候妈妈做给我做的辣椒炒蛋。茄子是紫色的灯笼，在晨风中展示自己的饱满。苋菜绿油油的，风起的时候是一种浓绿，风过后是一种淡绿。豆角悬挂在瓣上，远望是风中的铃铛。整片的菜地是晨风中的绿海，让我停下来，想抚摸她们的叶片。露珠儿在叶面上滚动，落进泥土里，无声无息。

我心里惦记着三益街站口，那是我每天去上班坐校车的地方，我只好和菜园告别。

经过三益街超市的时候，我总惦记我在那里买过的绿豆糕。那种细碎的、甜甜的味道让我觉得很舒适，正好是干火时所需要的味觉。

经过第一个红绿灯的时候，我的脚步慢下来，这个路口住着我的一个学生，前几天刚生完小孩。她们家的窗口，有挂在外阳台上的婴儿的服装，那些服装带给我亲昵的感觉。

过第二个红绿灯后，我差不多到三益街站口。可是我还是会停下来，因为那里有一个包子铺，那里有河南人做的老面馒头，我会用两个硬币，买下四个老面馒头，带给我办公室的同事，看她吃老面馒头幸福的样子是我一天的必修课。

那个刻着大写"壹"的车就是我们要坐的校车，常常有两个同事会跟我一起坐车。一个会比我来得早一些，另一个当然是随其后。

当我真正地坐上校车，看到三益街口的站牌从我眼前一晃而过。我一天的工作开始了征途，校车会把我们带到学院，那些充满激情的大学生会带给我新的活力。

三益街站，是一个普通的汽车站。这是我熟悉的站口，三年来风里雨里，站成了我生命中的一部分，融入了我的生活！

也会有大雨倾盆的时候，也会有阴沉沉的雾霾，也会有心事沉沉垂头丧气的时候，也会难舍难分的心痛……三益街口，你在我每一天的步伐里读我的喜怒哀乐，读我的冬去春来。

或许，我就是为了人世间的某些站口来到人间。在相逢中美好，在离别中失落，在重逢中喜悦，在静谧中永恒。

年少的时候，恨不得走路时飞奔。当中年的桥搭在人生的阶梯上，才享受到生命的曼妙。慢慢地尝遍，慢慢地走向中年的河流，汇入人海……

与生活争夺自己

一

如果你在人潮如织的大街上行走，你会不会认出那个抬头望天空的人是我呀？或许你不会，因为我们只是在众多的活动上有过一面之缘，因为我平凡得像路人甲或者路人乙。

世上的路很长，每一条路上都是陌生的或熟悉的面孔。世上的桥很多，每一座桥上都挤满了演员和观众。

所以，平凡的我们要学会和生活争夺自己。

二

上学的时候，聪明勤奋的同学名次排在你前面，你没有办法变得更聪明，于是就偷偷地练习唱歌。

你越唱越精彩，后来老师终于表扬了你。

你得到了老师的重视，不经意间成绩也进步了。

谈恋爱的时候，你家里穷，买不起得体的衣裳。

可是，你对生活充满自信，你的眼眸里闪烁着对未来生活的无限希望。

所以，也会有善良的女孩钟情于你。

你感受到生活很严酷，也很仁慈。

当意气风发的你与生活争夺时，也有可能遭遇狂风暴雨。

遭遇无常变化，就像你去车站赶车，你奋力奔跑，正好在那个时间点赶到。

可是，火车已经拉响汽笛离开。

你再看手表，你的时间和火车站的时间表相差两分钟。

你垂头丧气坐在站台上，心情很郁闷。

竟然没有听到有人在大声呼唤你。

后来肩头被重重拍了几下，才发现很多年没有见到的好朋友意外重逢。

你完全沉浸在友谊的芳香里，怎么会惦记着你刚才赶车迟到的遗憾呢?

三

去应聘的时候，主考官不喜欢你的装扮，你没有进入大公司上班。你留在三线城市，买房买车，工作得心应手，日子倒也过得很舒坦呀!

生活的万花筒包罗万象，创造的生活，时而像魔，逼迫你陷入沉思，有时还进退两难。创造的生活，时而像神，让你在绝境中重生，看到柳暗花明又一村的希望。

四

当你与生活争夺自己，你在遭遇病痛折磨的时候，你会体会到战胜病魔的快乐。

人体的免疫部队需要你快乐的战斗力，那些细菌的浸染在你的笑声中仓促出逃。

你用健康的人格、无穷的智慧争取生命的活力，迎来崭新的一天。

或许你已经病入膏肓，万劫不复，生命的躯体已经远离人世，可是豁达的精神长存于世间。

你与生活争取自己，你似乎是山林中的一棵常青树。

能够长成怎样的高度又有多少关系啊!

向上是你的力量，洒脱是你的风骨。

风雨摇撼你不倒，日月生辉你独乐。

当生命的过程谱写创造的歌谣，故乡的明月照亮童真，山还是那座山，河还是那条河。

你还是你，平凡如路边的一粒微尘。

五

你和生活争夺你自己，你赢得了无怨无悔的一生。你的悲欢离合，你的七情六欲，你的苦乐年华，你的颠沛流离，都是人生之歌，跃动属于你的一切。

没有人能预知明天的风雨，没有人能揣度生命的长短。我们唯有和生活争夺，让每一个明天变成努力奋斗的日子，如此，我们将会拥有无悔的一生！

春天的花海

如果还惦记着青春，如果还忘不了童年，如果热血还在胸中沸腾，如果童心不断在呼唤自然，那就让我们走进春天，走进自然，走进花海！

三月的艳阳，暖照大地。

老农把种子播进泥土，油菜花唤醒江南的春天。

天，是什么颜色？

蔚风和煦，蓝天白云。

庄稼地，是什么颜色？

金黄一片，花海如潮。

走在乡间的公路上，看农家的池塘水平如镜，看农家的房舍整洁美观，看田野的树木别具一格。

最让人陶醉的还是那铺天盖地的金黄。

油菜花，是江南常见的农作物。

种在隆冬，开在暖春。

盛夏的时候，结成油菜籽。

秋风起时，榨成菜油。

是没有任何添加剂的食用油。

在广袤的蓝天下，一大片一大片开在你眼前。

花的香味儿，有泥土的气息。

盛开的油菜花，并不挤挤挨挨。

每一朵都阳光灿烂，迎风飞舞。

显示生命的活力，歌咏春天的阳光。

那种绽放的热烈，那种向阳飞舞的热情，是江南春天独有的壮美。

千万株油菜花竞相开放，是涂鸦大地画笔如神的奇迹。

远观是黄色的绸缎，航拍是黄色的玉带。

近看，定会赠予阵阵芳香，赠予内心的呐喊。

所有人都想在田野高呼！春天来了！春满人间！

当我们离开陋室，放下手头所有的繁杂，当我们走进春天，亲近自然。

当我们靠近花海，触摸大地。

自然界的灵秀会带给我们别样的感动，带给我们生命的活力，带给我们别样的美丽。

江南的水乡，沃土千里。

勤劳的百姓，朴实无华。

他们把希望种在泥土中，他们把收获藏在笑容里。

他们过着简单的民居生活，享受着春风十里的和煦，享受着这美好时代的和谐，享受着劳动的快乐，享受着亲情的天伦。

油菜花的春天，是田野上希望的春天。

油菜花的壮美，是大自然造物的神奇。

朴素的老农民，他们守候着自己的庄稼地，守候着悠悠岁月，守候着中华文化的根系。

大道至简，天空与沃土同呼吸。

耕读为本，勤劳与朴素紧相连。

这无边的花海，是上苍赐予老农的最美花园。

回馈他们一生对土地的热恋。

江南的花海年年有，天佑勤劳的百姓生活祥瑞！

江南的花海带给我们童年的回忆，江南的花海让我们忘记时光飞逝！

如果你喜欢江南，如果想来看花海，三月的油菜花正长得欢、长得艳！

三月的春风会让你带走希望的种子，去耕耘无悔的人生！

春满人间，无边光景日日新，愿你忘却生活的疲累，和春天来一场美丽约会！

生命是一场真实的旅行，并不需要携带太多的身外之物。

当我们向往阳光，会发现阳光正暖。

当我们神往花海，会感觉花海如潮！

所有的邂逅都是有备而来，所有的感动会如期而至。

就像水到渠成，就像瓜熟蒂落。

生命的丰厚是一本日积月累的书，不读到入情入境无法感知人生的各种趣味。

就像这春天的花海，融进了太阳的颜色，融入了江南的灵秀，融化在我们的心中，化作绵长的希冀！

女人花

爱的开始是善意的笑容，爱的尽头是无穷的苍穹。

滚滚红尘，吞噬了多少海誓山盟。流金岁月，吹散了多少刻骨铭心。你在此岸，青山不老。我在彼岸，花容失色。

泉水叮咚，送别你一程又一程。蛙声千里，明月千里寄相思。春风和煦，杨柳岸晓风残月。夏荷清香，谁撕碎莲子心！秋雨阵阵，檐头瓦菲无处存。冬雪茫茫，梅花含泪别样红。历史的明镜，浩瀚的时空，寂寞嫦娥舞广袖，涛声依旧，人去楼空，黄鹤楼前叹伶叮，庄生晓梦迷蝴蝶，只是当时已惘然。

女人如花花似梦，年年岁岁梦青春。流水的诗意，叹息声声。落花的悲壮，生死与共。你是枝头的一抹春意，你是晨曦的一轮暖阳，你是夕阳西下的南屏晚钟，你是寂寞黑夜的一盏明灯，女人似水水无声，孤帆远影泪无声。

阔别的青春，就像远去的风帆，千帆过尽心头泪，我是江河一月影。

女人花，摇曳在红尘中。破茧成蝶两徘徊，花开花落无声息。女人河，流淌在红尘中。冰天雪地北风紧，冬去春来纳百川。前程往事杯中酒，痛饮而尽泪双流。

你是真诚的山里红，你是忘我的映山红，你是长香的桂花酪，你是高洁的雪莲花。怀揣希望的种子，孕育自然的新生。情牵游子的梦萦，紧抓生命的根系。

大道至简，美乐无形。骄傲的女人花，宁为玉碎，不为瓦全；你染上太阳的颜色，叙述无悔青春；孤独的女人花，独酌月影，对影成三人。你迷恋泥土的芬芳，耕耘一生岁月。无悔的花魂，是留给后世的春风！消散的身影，是生生不息的爱恋！

坚强的女人花，你挥别弱者的名字，快乐地生长在山林！黛玉的葬花吟，是没落时代的悲凉。蔡文姬的琴声，撼动驰骋战场的英雄。生当作人杰，死亦为鬼雄。李清照的文字，闪耀爱国的情操，流传千古。女人花，盛开今世。不要去贪图安逸，把命运交付男人。没有自由的金丝鸟，是失去血性的灵魂。女人花，美丽多姿。吸天地之灵气，沐三月之春风。融入时代的洪流，唱一曲月朗风清。女人花，你用柔弱的身姿，修一条爱国的万里城墙！女人花，你用美丽的花瓣，铺一条和谐的阳关大道！

风干的眼泪，点石成金！枯萎的花容，依然生动！女人花，是无法用语言来描述的圣洁！女人花，是无法用歌曲去歌咏的旋律！女人花，美自在心中！女人花，圣洁的木棉花，将以树的形象，和伟岸的男子汉般的铁树银花，共享蓝天白云！

橘子洲

橘子洲，是世界上最大的内陆洲。有史记载初成规模于公元 305 年间，最宽处有 140 米，清澈的湘江水，滋养着橘子洲风景。

沿江两岸的风景长廊，隔江和橘子洲相望。闹市里很难听到鸟叫声，只有橘子洲上的飞鸟掠过湘江，到沿江风光带聚会。三两只飞鸟聚集在茂盛的樟树枝头，时而飞过花坛，时而飞越树顶，有时也会钻到盆栽的底部觅食，可能是有过路的行人把废弃的食品收藏在盆栽底部吧！

望江的垂柳斜着身子，隔江和橘子洲呼应。垂柳细密的叶儿温柔地起舞，冬日的湘江边，寒气逼人。过路的行人穿着大衣，围上围巾。只有江边的杉树，陪伴被江水冲刷的石头，撞击的涛声依旧。江水清澈，江面荡漾起一圈一圈的波纹，这是江之歌、水之韵。水鸟不是没有，是这个季节非常寒冷，没有平时那样活动得频繁吧！

站在风光带的中间，向左看是桥，向右看也是桥。这湘江大桥成了橘子洲的另一处纽带。冬晨的雾气朦朦胧胧，桥墩若隐若现。在清风的吹拂下，江面依然平静。远处一点有捕鱼的小船，一叶扁舟在江边摇晃，小船的节奏和江水的微漾吻合，船老大拿着竹竿，稳稳地站在船头，一边划船，一边撒网，蹲下来撒网的时候，小船有些摇晃，船老大很快调整了重心，小船又稳稳地漂荡在江心。

沿江风光带并不单调，樟树和柳树是邻居和朋友，栏杆和台阶是兄弟姐妹，草坡和石板路是至交。鲜花盛开在树与树之间，尽管数量很少，那山茶花的香味儿沁入心脾，在这寒冷的季节里，报告春天的消息。

隔江远望橘子洲，简陋得只剩下树林和黄土。这是千年古城的圣地，橘子洲以真实的面貌，冷峻地注视这个城市的发展，不动声色地流连在历史的风景里。橘子洲上的丛林，远望只有墨绿的身影。枯黄的草丛，竖线条的江岸，以及斜坡上的菜地，都是可望不可即的景观。早晨的雾气还没有散开，对面的高楼模糊在视线里。耳边传来的是风声、鸟叫声、车鸣声。抬头望，天灰蒙蒙的，只有眼前的石板路，清晰平整，漫步向前，继续看山看水。

清晨的橘子洲，让人感觉天人合一，成了游客心中的圣地。茫茫江面，朦胧的雾气，总有一条路是属于追梦人的。冷风、冷雨、滴落心头的冰点，都是命运的相逢。向前的路上，守得云开见月明。

橘子洲啊！朴素的水陆洲，记载历史的变迁，忘记个人的恩怨。让每个消失在人海的生命，成为一种不向命运屈服的风景。

高铁时代

火车一路前行，从南往北，气温越来越低。越过山峦，越过小丘，越过江河。城市的建筑群，高楼林立，鸽子窝一样的家，在火车上看起来像一个个小数点。为了这些高高低低的小数点，许多人一生奔忙，在深圳市中心城区，一套一百多平方米的房子要近千万的买价。对那些大学毕业后来深圳发展的农家子弟来说，可以想象需要多少年的积累才能拥有这样的一套房。

先进的城市管理水平、文化理念、基础设施、发展速度，在真实地吸引着大批的青年人。他们生活在城市的边缘，穿着体面的衣裳，咬紧牙关，吃尽苦头。或者把赚到的收入带回内地，或者遇到好的机会，在城市生存下来。多少年后，他们变成真正的城里人，再也习惯不了没有霓虹灯的夜晚，习惯不了以步代车的生活节奏，习惯不了生活的随意懒散。

他们在先进城市的光环里，体面而优雅，精致而小心。

火车依旧前行，山峦中有雾气飘来荡去，山涧的小河如一条白线。近处一些的树木，常绿的颜色是火车飞驰时可以忽略的风景。远足的旅客疲倦了，打着瞌睡，眯缝着眼。车厢里很安静，只有呼呼的风声。每一次靠站前，都会看见城市，会看到滋润城市的河流。离站的人们行色匆匆，进站的人们满脸倦容。或许是踏上归家的路途，或许是开辟新的征途。人生的聚散，如同离别的站台。你方唱罢我登台，各自演绎自己的剧本。高铁的开通，减少了人们对距离的恐惧。男女老少，不分季节，他们都很乐意走出家门，去看外面的世界。不久的将来，中国将会成为旅游业更发达的国家。中国的寻常百姓，他们都会习惯去远方，去远方工作，去远方探亲，去远方看风景。

在很多大城市的高铁站，会看到密密麻麻的人群，他们提着行李箱，步履匆匆，南来北往。把江南的文化带到南海，把北国的豪情带到深圳。中华文化，源远流长，当代潮流，日新月异。客家的习俗，潮汕人的脾气，北方汉子的痛快，南方女孩的典雅，会融合在大城市文明的步伐里。

火车是一条龙腾虎跃的长龙，它的灵动与迅速、它的快捷与便利，造福了时代，造富了国民，带动了经济的发展，促进了人才的流动。我们向往高节奏的现代文明城市生活，我们享受舒适安逸的小城生活。文明，是一种境界；修为，是一种历练。拥有更独特更丰厚的人生，是一种向往。这时火车轰鸣向前，依旧穿越高山大海。

拥挤的车站，拥挤的车厢，拥挤的人流。中国是人口众多的国家，这种众多，在车站、在超市、在大街小巷，聚集得最典型。有些时候，车厢里连站的地方都没有，孩子的哭闹，老人的憔悴，快餐的味道弥漫。推销员以前比较多，现在数量也减少了。

长长的站台远去，喧闹的城市远去。尘世中的我们，一路欢歌，奔向远方，寻找新的归途。

唐家湾古镇

  唐家湾古镇坐落在珠海市的北部，东临伶仃洋，西南和西北面的凤凰山、大南山巍峨险峻。唐家湾古镇是广东省五大历史文化古镇之一，也是广东省唯一的滨海古镇。

  这里静谧清雅，有参天的木棉树和榕树；这里宗寺众多，闽南建筑的艺术风格让人震撼；这里人才辈出，源远流长的历史文化让人敬仰。八月的艳阳高照，凉爽的海风吹来湿热的气息，我们感受到珠海的现代文明和历史文化交相辉映。

唐家三庙

  唐家三庙位于唐家湾镇唐家湾村大同路西北面，由圣堂庙、文武帝殿、金花庙并列组成。一走进唐家三庙，就被这历史久远的闽南建筑艺术深深震撼。

  唐家三庙采用穿斗、抬梁与砖墙承重的混合结构，石柱与木柱并用，庙与庙之间有水巷分隔，甬门打通，布局严谨而实用。

  这三座庙宇的布局并不完全雷同，让人想起建筑学家梁思成对建筑格局提出的千篇一律与千变万化的建筑理念。庙宇的屋檐都有壁画和木雕，墙面是青砖砌成的，可是每一扇门的门楣都是花岗岩做成的，墙根也是花岗岩。这临海的古镇，过去的能工巧匠已经考虑到海水涨潮时的侵蚀，又给今日的膜拜增添了几分神秘。我们走进庙宇，抚摸这镌刻岁月的砖石，仿佛看到了一百多年前，岛上的居民在建造庙宇的忙碌身影，昔日的海浪是如何亲吻这块神奇的土地，让勤劳的岛民得到这些智慧的启迪。

青砖和花岗岩门楣都属于"千篇一律"的范畴，而"千变万化"的三雕（石雕、木雕、砖雕）、两塑（陶塑、灰塑）、一彩（彩绘）汇聚闽南建筑艺术的精华。庙宇的屋顶还有佛光、舍利、山花、飞龙等陶塑。三座庙宇分别使用不同的雕塑和彩绘艺术手法，让观赏者不产生视觉上的疲劳。

三座庙宇将佛教、道教、地方神祇一起供奉，为国内罕见的地方文化特色。而始建于清乾隆四十年（1775 年）的金花庙，即使在佛教名山五台山也很难找到类似的供奉。石门联阳刻"恩培赤子，惠普苍生"，昭示着为香客求子祈福的念想。也许当时岛上人烟稀少，居民希望子嗣繁衍昌盛，才建立了这样的庙宇吧！

古井、古围墙、古私塾

在唐家古镇的小巷里，我们可以看到年代久远的古井。圆形的井口裸露在围墙边，因为已经很少使用，井口已经长出绿色的苔藓。

当我弯下腰在井口张望时，依然可以看到清冽的泉水。古井是历史的镜子，在过去机器工业不发达的时代，它是古镇上居民的命根子。咸咸的海水无法直接饮用，我们可以想象在某一个清晨，排起队伍担着水桶的岛民，会等候前面取水的人离开，然后又走到井旁取水的情景。

古井摇出了这个古镇的欢乐，而古围墙的作用则是来保护岛民的。这些古围墙始建于清顺治初年，当时"盗匪猖狂，肆行劫掠"，为了防御盗匪，嘉庆二十年重修了日渐颓废的围墙，其时唐家村有 18～60 岁的男丁 720 人，以每丁派 3 尺 5 寸的方式，共同完成了这段围墙的维修。

古围墙是用砂石、糯米、泥浆等材质用夹板夯实而成。岁月流逝，风雨洗涤，古镇上的有些古围墙露出残破的样子。我们在一个巷口，发现了一棵榕树长进了围墙里，这棵榕树的根系成了这段围墙的根雕，这种天意的生长显示了榕树种子顽强的生命力。

如果古围墙是文治武功的历史文化，那么古私塾是这个古镇文明的发源地。

古私塾的窗户很有特色，绿色的窗玻璃，墨色的窗棂。那些能工巧匠设计好了窗户的灵活性，窗格子可以收拢和打开，这样可能是为了便于通风和集中上私塾孩子的注意力吧！

古私塾的青砖已经长满黑色的苔藓，那是岁月的铃声敲在房屋上的印记。这里曾经书声琅琅，这里曾经戒尺森严。在清末民初，唐家湾人在政治、经济、军事、文化、教育、外交、农业等诸多领域，名人辈出，在晚清派出的 120 名官费留学生中，唐家湾就占了 13 名，有中华民国总理唐绍仪，清华大学创办人、著名教育家唐国安等风云人物。

共乐园－唐绍仪私家花园

唐家湾古镇源远流长的历史文化，在中国近代史上熠熠生辉。当我们来到共乐园，发现这座唐绍仪建立的私家花园，已经成为珠海市民休闲的好去处。

这座私家花园，于 1915 年由唐绍仪亲自捐建给唐家湾的村民。由唐绍仪手书的"共乐园"三个字，取的就是与民同乐的意思，可见这位晚清的外交家有常人难及的亲民情怀。

走进共乐园，葱茏的古树遮天蔽日，珍贵的树种也屡见不鲜。右侧的果园，大都是有近两百年历史的荔枝树。这些荔枝树枝叶繁茂，枝干粗壮，可是结出来的荔枝有酸涩的味道。

从入口往里面前行两百米左右的距离，有一对清宣统帝御赐的"一品石狮"。因为唐绍仪对他的母亲特别敬重，特意将这一对石狮子"女左男右"摆放，完全没有按照常规的模式。

共乐园最引人注目的树木，是 1910 年建园的时候，唐绍仪亲自栽下的罗汉松。这株树龄过百年的罗汉松，是闽南珍稀植物的典型代表。

园内的名人堂汇聚了一百多年来，珠海在中国历史上大放光芒的群星事迹图文。这些图文证明了唐家人得风气之先，敢为天下先的开拓进取精神。

园内的天文观测台，更是私家花园的领先之创。天文台顶上的圆形图案，划分着东南西北的界限。当时的人们可能是依据太阳光照射的角度，来划分时令，合理地安排农时渔业吧。

这座占地 350 亩的私家花园，已经成为闽南地区"珍稀植物园"，这里古树林木众多，每一处景点都有自己的故事，让来这里的游客流连忘返。

今天，珠海经济特区的面貌日新月异。这个景色优美、宗寺众多的古镇，已经成为很多游客来珠海旅游观光的好去处。忙碌的市民，在休息日会来到这古色古香的小镇。吃上一些唐家宗寺的传统小吃，观赏木棉树花开时的十里芳香，走进共乐园坐在古树下或者石凳上休憩。历史的帷幕已经落下，古圣先贤的文化传承濡养后代。这个文化古镇，将会在新的历史时期展示自己的独特风采，迎送南来北往的客旅，将闽南文化镌刻在将来的历史文化史册中。

海天公园

从珠海香洲总站坐公交，只要经过五个小站，就来到了海天公园。

从公交车上下来，我并没有直接入园。坐在丛林前面的长凳上，感受凉爽的风从海面吹过来。在这车水马龙的城市，度假的自己并不用急着去哪儿，仿佛自己是这个城市的过客，一阵轻松惬意从心底油然而生。此刻，我是自己的主人，不用寒暄和刻意，以一种最闲散的方式把整个人置放在阴凉处。天，蓝蓝的，远处一点的海水也是蔚蓝的颜色。海天公园以一种最友好的方式，迎接来自楚地的客旅。

飞鸟入山林

从一条幽静的小路入园，转几个弯，依然是那么静谧。高高的棕榈树，是园中让人仰望的林木。棕榈树少叶子，像站立在园子里守卫所有生命的卫士。当我移步丛林深处一些，鸟儿的歌唱打破了山林的寂静。

这些欢乐的鸟儿，它们飞过城市的高楼大厦，掠过茫茫的大海，就是为了这一场山林音乐会。

你听，它们放开喉咙，并不需要任何的伴奏，悦耳的歌唱穿过丛林，倾泻着阳光的热情，扑面而来。

我是一个离家行走的异乡人，只有这原始的歌唱才让我如此动容。每一声啼叫都是欢呼雀跃，都是送给我一个人的天籁之音。我驻足在这清幽的小径，忘记了这个纷扰的红尘世界，这种愉悦自己的方式，是一种不在寺庙的修行。

我迟缓自己前行的脚步，生怕我行动的声响惊扰了这些飞鸟。

鸟儿，唱吧唱吧……我们人类不会在此刻掠杀你的生命，在这个万物和谐的南国公园，你有主宰自己歌喉的命运，你的乐音是自然界对人类最美好的馈赠，你把鲜花唱得更艳，你把月亮唱得更圆，这个城市的井然有序就从这美好的歌声开始。

鸟儿，唱吧唱吧……台风已经过境，被连根拔起的树木开始在灾难中苏醒。你的歌声抚慰这些林木的伤痛，让老人舒展眉头，让孩子露出了笑容。

听海

海天公园的左侧是一望无际的大海，棕榈树是海岸边的防护带。远处，海天一线，碧波荡漾。

我一时兴起，脱了鞋赤着脚，向沙滩走去。

黄色的细沙是我们人类跟大海亲近的第一步阶梯，大浪淘沙，这细腻的黄沙在脚底软软的，让人有了向前奔跑的欲望，平滑的沙面抚摸我的脚底，每一个奔跑的步伐里都有了亲昵。孩子们在沙滩上奔跑，欢声笑语四起；情侣们在沙滩上漫步，每一步脚印都是爱的足迹。

黄色的沙滩是海的力量，壮阔的大海亲吻地球一次，就会把黄沙运送到海岸一回。浪花和黄沙是多年的密友，你看，浪花翻滚而来，一层一层有递进的激越。这是一首澎湃的海之歌，当一圈一圈白色的浪花迭起，我走到浅海边，呼啸的海风吹乱了我的长发。

这会儿，我小心谨慎地前行。这浩渺无际的南海，是地球上蓝色的眼泪。我在浅海边的每一步前行，都在寻找浪花之歌的节奏。风吹来的时候，浪打来，海水浸润我的肌肤，让我这来自楚地的游客有了生命的神奇体验。楚地的溪流湖泊众多，灵秀的江南水域给了我们湖湘文化曼妙的启迪。当我们置身壮阔的海边，我们才真实地感受到世界的宽广，感受到大海的汹涌，感受到水天一色的柔和。

浅海边翻滚而来的浪花，并不是重复单调的节奏。海风，在阳光下会改变自己的旋律。浪花涌动的时候，你的情绪在高涨，仿佛那些单调枯燥的日子，在这一刻远离。当我们亲近这南国的海域，我们会在这烟波浩淼中忘了自己。

海之舞，浪之歌，在这金秋十月，送给我们一次次荡气回肠的咏叹，送给我们一阵阵欢欣鼓舞的激越。你来，我也来，我们一起走在海浪里，听海。

花开十月

不是春暖花开的季节，我们来了海天公园。台风在前一个月过境，我们在下一个月来到了海天公园。

我们很幸运，海天公园依然花开十月。非常遗憾的是我对花的品种并不熟悉，对于一个独自游公园的人来说，我又能去哪儿找到这些花儿的名字来呀！

于是，我来到丛林中，来到藤蔓前，静静地赏花，观赏这些叫不出名儿来的花。

赏花的时候，蝴蝶总是会比我早来。成群的蝴蝶在花丛中飞舞，这些翩翩起舞的精灵是否在和花儿比美呀！撑伞走在丛林中，会有几缕微风吹过来，这些清风带着花的香味儿，幽幽地飘过来。回旋在丛林中的都是余香满怀，都是这个季节的安好。

藤蔓前红色的喇叭状的花儿，在晨风中有了些许的战栗，向着阳光吐蕊芳香。绿色的叶子轻扬，像是弹琴的琵琶，在停息后又开始奏乐。

丛林中的花儿开得更奔放，不管是摇曳在风中的枝条，还是悬挂在树中间的枝干。都有粉红色的花开在枝头，她们不管蝴蝶多么灵活地舞动，依然在怒放自己。把种子萌芽积蓄的力量拿出来，奉献给这金秋十月。

当我漫步在这花开十月的海天公园，会觉得十分舒适和清爽。花的香气自然柔和，丛林里没有工业污染的痕迹，也没有喧闹的声音。花的颜色靓丽动人，当这些花儿微颤在枝头，每一阵风儿吹来，都是对人类的点头致谢。这南国的花树，演示着自己美丽的身影，让每一位造访的客人都感觉心旷神怡。

我们都是地球的孩子，在这个运行数亿年的星球上，我们和地球上的每一株植物，每一个生灵都要和平相处。珠海市是一个正在发展的经济特区，也是一个适宜居住的城市。这里，城市干净舒适，交通便利；这里濒临海洋，运输业和旅游业发达；这里综合治理环境有序，城市的文明程度高。海天公园是濡养性情的好去处，这里没有刻意的人工景观，只有苍茫的大海、奔腾的海浪；只有悦耳的鸟语、绿色的丛林；只有怒放的鲜花、瑰丽的景色。

如果你来到珠海，想亲近自然，你就去海天公园吧！让悠悠的海风吹散你心中的烦闷，让翻滚的浪花激起你扬帆远航的斗志。天蓝蓝，海蓝蓝，让你和碧波荡漾的大海一起唱一曲海之歌吧！

秋天的丛林

鸟儿在丛林歌唱"秋天，你好"，秋天在大地呼唤"晨露，你早"。我从人海中滑入秋天的河流，觅得一滴清凉在天地间飘荡。秋黄了，树叶从树顶飘落；秋醉了，雨露均沾在枝头。静默的秋风瑟瑟，弹琴的蟋蟀依旧。一波碧绿在树底油油，一波浅绿在林间浅唱，每一株生灵都在怒放秋的芳香。

石阶上的雨痕，有秋的悲喜韵味。每一步拾级而上的路，都有秋的余香。我从风里来，在秋晨中行走。只是一个平凡的秋日，远去了慵懒的日常。

坐在秋天的台阶上，绿色的丛林是拥抱全身的布景。小径通幽在眼前，三两个行人是这秋晨的剧中人。丛林是我今晨的读物，写满诗意，写满空灵。没有采菊的意念，却有悠然见南山的顿悟。我忘记了在觥筹交错的社交圈里，囊中羞涩的慌乱；忘记了在红尘名利场上，珠光宝气的交错；忘记了生离死别的亲情里，刻骨铭心的不舍……

这无言的秋晨，静谧的绿色世界，赐予你我，短暂的快乐，入骨的清欢！

泣血渣滓洞

炎炎夏日，我们来到歌乐山下，参观了重庆渣滓洞和红岩魂陈列馆。

歌乐山上的渣滓洞，在 1947 年 12 月作为重庆行辕二处看守所重新关押本年度"六一"大逮捕的"要犯"、《挺进报》案和"小民革"案中的被捕人员。

这里三面环山，一面邻沟，地形隐蔽，地势险要。1949 年 9 月至 11 月，国民党反动派在溃逃前夕，对关押在重庆军统集中营的共产党人和爱国民主人士实施了系列大屠杀，制造了震惊中外的大血案。最惨烈的一次屠杀是在重庆解放的前几天，公元 1949 年 11 月 27 至 28 日，国民党特务在渣滓洞残酷地杀害了两百多名革命志士。

我们跟随讲解员，听她哽咽着演讲，在渣滓洞屠杀的当天，国民党特务先锁住每一间牢房，在制高点用机枪扫射，然后打开牢门，一部分未中弹革命者匍匐出牢房又遭遇了一轮扫射，第二轮扫射后，还有部分幸存者退到围墙边，推倒了围墙的一处地方，准备转移，可是在渣滓洞门口的岗哨再一次在制高点扫射。渣滓洞内，血腥满地。就在重庆解放的前夕，我们优秀的中华儿女，他们在牢房里满怀爱国热情绣好了五星红旗，还没有来得及看一眼自己家里的亲人，没来得及看一看故乡的土地，就倒在国民党反动派的枪口下，含恨九泉。

跟随着讲解员的一大群游客，没有一个人发出一点点细小的声音，许多游客的眼睛里都含着泪。

被杀害的江竹筠烈士，女，四川自贡人，1947 年与丈夫彭咏梧在下川组织武装起义，1948 年 1 月，彭咏梧牺牲，江姐谢绝党组织的照顾，坚持在老彭倒下的地方工作，1948 年 6 月 1 日，因叛徒的出卖，在万县被捕，后转押渣滓洞，江姐在狱中坚贞不屈，严守党的机密，被狱中难友称赞为"中华儿女革命的典型"。1948 年 11 月 14 日，江姐在重庆歌乐山麓电台岚垭遇害。

被杀害的胡其芬烈士，女，湖南湘潭人。曾在《新华日报》做英文翻译。1940 年赴延安入中央党校学习。1947 年任中共重庆市工委妇委书记，以重庆女青年会干事身份作掩护进行地下工作。1948 年 4 月，因"《挺近报》事件"在重庆被捕，1947 年 11 月 27 日牺牲于渣滓洞。

被杀害的朱世君烈士，女，重庆开县人，曾任开县太平乡中心小学校长，1948 年加入进步团体民主联合会，在党的领导下，积极参加反饥饿、反内战民主运动，将自己积蓄的嫁妆钱支持川东武装起义。1948 年 6 月在四川开县被捕，1949 年 11 月 27 日，牺牲于重庆渣滓洞。这一天，是这位年轻女校长的 28 岁生日。

……

烈士的生平事迹，在史册上熠熠生辉。

当我们浏览牢房里陈列的物件，瞻仰烈士的生平，敬仰之情油然而生。江姐带着战友们绣下的红旗在橱窗里，这凝聚血泪的旗帜饱含革命先烈留给后世的满腔爱国热情，凝聚着爱国志士期盼中华崛起的民族大义，凝聚着进步人士渴望和平和民主的美好向往。

今天，当我们坐在宽敞明亮的教室里学习，在琳琅满目的超市里购物，在整齐干净的巴士里出行，在摩天大楼里游览……我们是否会想起，我们的幸福生活来之不易，是这些革命先烈，用他们的鲜活的生命，赤诚的爱国热情，为我们换来了今天的幸福生活。

69 年过去，歌乐山满山青翠。在炎炎夏日，我们伫立在重庆渣滓洞前，缅怀先烈。69 年前的往事历历在目，泣血的渣滓洞，英勇就义的两百多名战士，在这一楼一底的十八间牢房前，惨烈的场面震惊中外。

我们在红岩陈列馆内，看到了一面展示当日渣滓洞惨案的文化墙。在 1949 年 11 月 27 日，国民党反动派溃退前的三轮屠杀，倒在血泊之中的革命志士，他们面无惧色，英勇无畏。

历史的笔墨记载英烈的忠魂，后世的人在史书上读着爱国的激情，读着先烈们的铁骨铮铮，读着民族魂……我们站在渣滓洞前，要牢记先烈们的铮铮誓言，不忘初心；我们站在渣滓洞前，要铭刻历史的教训，砥砺前行；我们站在渣滓洞前，要领悟民族大义，牢记使命。

泣血的渣滓洞，记下了历史的枪声；埋骨的忠魂，掩映在歌乐山青翠的山岭。民族文化，在血雨腥风中厚重；后世的文明，在一代又一代中华民族仁人志士的开创下繁荣。

美丽的水西公园

美丽的贵州，是一个多山的省份，这里树木苍翠，鲜花盛开。

五月上旬，因工作需要，来到贵州毕节市的黔西县，这里离省城贵阳只有50多分钟的车程。

这是我第二次来到黔西，这里是我14级的环艺班学生的聚居地，其中有一名叫吴坤的学生还在16年湖南省高校师生美术大赛中获得了三等奖。去年来黔西的时间很短暂，除了对黔西的烤鱼有较深的印象，其余的印象都不多，因为来的当天就生病了，三天后因为工作需要被单位召回。

十二日的早晨，我们师徒三人游黔西最古老的景点水西公园。这公园始建于明承德年间（1502—1522年），后来不断修缮。初入水西公园，这里热闹非凡。晨舞的种类让你眼花缭乱。有中国的广场舞大妈在这里起舞，有喜欢国标舞的知识分子在这里起舞，有幼儿园的小朋友在这里跳小手枪的集体舞，有白发苍苍的老人在亭子前边舞剑。水西公园树木成林，花香扑鼻而来。这里是原始的丛林，没有太多的人工的痕迹，空气质量好，能见度非常高，所以来这里晨练的人才这么多。

进入水西公园的第一个长亭后面，李世杰雕塑呈现在我们面前。李世杰，字汉山，康熙五十年出生在黔西隐者坝一书香门第。从小博览群书，德才兼备，乾隆年间，官至兵部尚书，为官清廉，民称李青天。李世杰治政有方，文武兼治，人称黔西奇男子。当我们站在塑像面前，对这闻名于当时的政治人物心生敬佩。

水西公园里树木成荫，庙宇林立。我们入园后，经过李世杰塑像，经过半山亭，经过元代彝族女英雄奢节的衣冠墓，经过观音阁、正德残种、观文塔、乾隆御赐上书坊等风景地。观瞻这些景点之后，我们从羊肠小道开始爬山。

台阶是大山的书轴，鲜花装点大山的灵气。我们从狮子山向上爬行，这原始的丛林到处都张贴着小心有蛇的公告牌，这也是我们游历众多山峰时从来没有看到过的。这时已经是上午九点多钟，站在山头，感受到黔西的县城艳阳高照，街上的市民都穿着短裙，打着防晒伞。可是这里的山林却非常凉爽，那些无名的小花开在山路旁边。黄色的格外绚丽，白色的小花在绿色丛林中显得纯洁高贵，红色的花朵热情似火，在欢迎远到的来客。花的香味让本来清新的空气更加让人神清气爽，这漫山的丛林营造了一个与世隔绝的绿色世界。

我们边走边谈，从一个山头到另一个山头。台阶这时变成了竖起来的轴线，给我们搭了一个天梯。在山头上，有一群美女在赏花，她们迈着细碎的步伐，在山顶上行走。这美好的时代赋予老百姓丰富多彩的休闲时光，她们陶醉在山林，她们融入大自然的怀抱里。时光不老，岁月的余香赠予她们今日的闲适。她们脸上的笑容融化了这初夏的热度，在这山林的时光隧道里，拥有了一片灿烂的星空。

两个小时的工夫，我们大汗淋漓。山林的绿海给我们生命注入了新的活力，洗涤肺部的不适。我们喘着气，把自己交付给这原始的丛林。每一片绿叶都是澄澈的，当我抚摸着丛林的叶面，发现上面都是凝脂般光滑。每一棵树都摇曳着太阳的颜色，他们把根系长进大山的土层，任凭风吹雨打，紧抓脚下的土地。所以大地母亲才赠予这漫山的苍翠。

当我们人类融入自然，感受到绿海般丛林的丰富，感受树林葱茏的希冀。会觉得每一个明天都是崭新的，会觉得生命的活力在绿叶飘扬的丛林中不断盛开。

当我们爬上第六个山头，那里根本没有台阶，是泥巴路。我们用脚步丈量山的高度，朴实的泥土在我们脚下，让我们感知大地的温度。站在山头，俯视黔西县城。那些鳞次栉比的电梯房在视线里格外清晰，公路变成细线，河流隐藏在桥下面，汩汩流淌。美丽的黔西县城，我们在山顶把它一览无余。

到十一点半，我们感觉有些饿，才恋恋不舍下山。回到水西公园门口，还有晨练的队伍没有收场，她们旁若无人，陶醉在自己的舞步里。

美丽的水西公园，拥有丰富多彩的历史文化，又有现代化城市的生活底蕴。黔西县城的市民，在和谐的中国梦里，拥有了日渐丰富的物质生活和日新月异的精神生活。城市的公园和广场是城市的名片，在将来，这个地方会更加繁荣，更加美丽。这里的气候非常适合居住，夏天并不炎热，冬天也不是酷寒，这里还有闻名中外的百里杜鹃。黔西，美丽的山城，将会有更多的游客来欣赏你的原始风景，老百姓的生活也会越来越富足。黔西，古老的山城，你的朴实热情，你的日益发展，将会福佑更多的子孙后代！

我是来自江南的平凡女子，江南的灵性赋予我们对生活的激情。当云贵高原漫山的苍翠展现在我面前，我的心扉被一次次打开，心灵被一次次震撼。当我们在山上的羊肠小路上挥汗如雨，闻到一阵阵沁人心脾的花香，当满山的绿海涌动大自然的情思，当蓝天的云朵漂移在我们头顶。每一步登山的路都是幸福的路途，悦耳的鸟叫声增添了山林的寂静，我们似乎还听得到自己的心跳，仿佛回到那些天真烂漫的童年时代。

黔西，这美丽的山城。除了水西公园，还有临近的百里杜鹃等旅游胜地。在国家的"一带一路"政策下，将会迎来更多的发展商机。会有更多的人慕名而来，读你的山清水秀，读你的朴实无华。我很喜欢我的贵州学生，他们大都来自贫寒的家庭，可是大山塑造了他们刚毅的个性，赐予他们勤劳的品质。他们学好一技之长后，会成为建设美丽山城的主力军。我很喜欢云贵高原逶迤的大山，喜欢那些绿海般的长城。相信我们重逢的日子很快会来临。

神奇的南岳

"五一"劳动节的前一天,从外地归来的弟弟带上两位姐姐私驾游去南岳观光拜佛。弟弟排行最小,小时候调皮捣蛋,成年后却知书达礼,对我和妹妹整天大姐姐、二姐姐叫着。这次"五一"回家探亲,他热情地带上两位姐姐去南岳观光拜佛。

启程的惊险

事先弟弟跟我们商量,要在凌晨动身,好让我们在南岳山顶祝融峰看日出。当我们坐上弟弟的车来到银城的高速收费站,因为夜间起雾,收费站关闭。弟弟没有退缩之意,说已经动身了,九九八十一难也要去。我们取道 319 国道,在凌晨两点钟缓缓前行。一路上拉家常,说起小时候的趣事,不多久就到了宁乡,弟弟说夜雾散开了一些,还是在宁乡上高速吧!在夜雾之中导航,找到了宁乡高速人口。

汽车一上高速,就提速起来。在车流少和单向行驶的高速公路上,弟弟竟然来了睡意,我不断提醒他不要打瞌睡,可是还是无济于事。汽车在一车道和二车道之间漂浮,妹妹提醒要赶紧找最近的服务区。弟弟打着呵欠说前面的视线变成了无数条道,我沉思自己的过去和将来,也在汽车的飘摇之中觉得头昏脑胀。动身之前我们去看奶奶,八十多岁高龄的奶奶在自己的佛堂从我们动身起开始敬佛,心里在默默祈祷平安。二十分钟左右车才"漂"到服务区,我们让弟弟在服务区睡了三个小时,让他养足精神才继续往前开车。

登山的快乐

"五岳归来不看山"，南岳的秀美壮丽确实让游客感叹。因为导航直接点开的是往南岳祝融峰，弟弟把车开到山脚下，我们买了门票，一路登山。

从广济寺附近开始登山，我们选择了一条曲折蜿蜒的登山路。南岳的美在于那些小径上深藏不露的风景，几块山石，就可以搭起一座小桥。桥下泉水叮咚，唱着欢快的歌谣。桥上的石头纹路深深，是我们的先辈在上面凿出来的防滑的路。山间的空气格外凉爽，踩上林间的落叶，和大山的过去与未来对话。一阵风吹来，香味儿溢出。那些无名的野花长在这茫茫大山之中，让游客嗅到时空里古老的芳香。

我们用脚步丈量山的高度，一个台阶接着一个台阶攀登。把我们从城市里带来的慵懒留在身后，把我们体内的废气蒸发成汗滴，当我们在台阶上挥汗如雨，留下我们的足迹，会感觉到那种久旱遇雨的释然。每变动一下我们的视觉，都会有不同的美尽收眼底。

这条登山的路有六公里，最窄的地方仅仅容一个人过身。几个人行走在这鸟鸣溪涧的山路上，前面是山的怀抱，后面是山的依靠。那些山涧水有时如微小的瀑布挂在眼前，有时如喷射的水柱唱着激昂的曲子，有时又好像打瞌睡的眼睛，水流特别细。我们看到昆虫在水边爬行，看到水蛇在浅池里游动，看到清冽的泉水游走在山涧，这些遇见是浸润我们生命的一阵又一阵窃喜。那些莫名的欢乐是大自然对所有青睐她的人类的赐予，是所有登山者不辞辛苦勇往直前的动力。

祝融峰的佛观

在这"五一"的假日里，用摩肩接踵来形容祝融峰拜佛的人群，一点都不为过。南岳山是风景秀丽的名山，更是佛教的名山。我们老家的百姓，对南岳烧香有求必应深信不疑。

我们登上祝融峰，只看到身着各色服装的男女老少直奔祝融峰大庙。他们背着香烛，带着十二分的虔诚，跪拜在佛祖前。虽然来拜佛的香客非常多，可是秩序井然，并没有不文明的举措，这些向善的人们，他们来自天南地北，带着对佛祖的虔诚，对亲人的深情祈福，来到这佛教名山烧香拜佛。

此时已近午时，祝融峰顶上虽然有阳光普照，可也是雾气沉沉。我们来到这山顶上，有漂浮在天庭的感觉。神仙的日子是什么样子呢？是一览众山小的惬意，是盘座松树旁边的舒畅，或者是远离闹市呼吸这茫茫清香的欢喜……

当我盘座在观景台上，看到山脚下的小路如蚯蚓，房舍似鸽笼，竟然有朦胧的睡意……

比起人文景观，我更喜欢自然景观的神奇。当自然的美学书籍向我们打开，大自然的语言如此神奇。这南岳的山水，以独特的灵性，浸润我们每一寸肌肤。让我们更有力量去探索自然的奥秘，去聆听大自然的语音，去尊重大自然的规律。

神奇的南岳山，当我们走过你山中的九曲回肠，走过你的潺潺小溪，我们会更加神往你那些人迹罕至的奥秘，我们读你的神奇，读你的佛法，读你的悠远……我们是大山的子民，我们深深眷恋每一寸土地。

美丽的南洞庭

周末，跟高中学友游南洞庭，真实地感受水乡春天的气息！

怒放的花儿

那天早晨，我们从银城动身时，天上还下着零星小雨。可是，这一群人到中年的学友都没有停止自己的步伐。我们一路好心情，在班长贺有声开的车上说个不停。到达万子湖边的时候，雨停了。贺有声很细心，为我们准备了雨鞋。我们坐上船，去湖中的小洲上。那怒放的野花在湖中湿地招摇，让我们置身在自然界的清香之中。有的叶片上还有雨滴，滚落的瞬间带来唯美的心动。我们摘下一把油菜花，举过头顶，拍下的画面洋溢着春天的气息；我们淌过小水沟，溅起一些水花，重拾我们久违的童趣；我们置身花丛中，久久不肯离去，和春天的约会就是这般神奇。

绿色的原野

我们这些人在办公室坐得太久，颈椎经常有酸痛的感觉。今日湖中这片绿色原野，带给我们视觉和触觉上的舒适感。我们头顶着蓝天，置身于绿海，诙谐的男士说几句幽默话，爱笑的女士来几声惬意的笑，大家没有拘束，自由自在，仿佛回到梦幻般的童年时代。微风吹来的时候，"绿海"泛起波浪，涌动着我们内心莫名的欢喜。柔柔的、蓬松的野草，长在这少有人光顾的湖中小洲上，那种漫天的绿色，点燃我们内心的欢喜，让我们感知这个春天快乐奔走的意义。

大自然敞开胸怀收纳我们这群来自城市的"羔羊"，让我们在中年的危机里看到生命的希冀。真心感激这美好的相聚，瞬间会有某种东西涌上喉管，触摸到可遇不可求的幸福感！

湖中古塔

我们坐在船上，船靠近古塔。这镇江的塔修建于何时，我们还没有考证。只见古塔稳稳地置身湖中，青砖上长满青苔，塔中间长出了小草，一切都那么和谐自然，没有矫揉造作。船边的波浪轻吻着塔基，发出轻微的撞击声。船里面的人都留心观察，好像要穿过历史的帷幕，去了解这湖光山色的奥秘。这六角的古塔沉默着，诵读着这大自然的神奇。塔基方形的砖块在我们离去的视线里变成了方格，每一层往上的塔身都隐匿着水乡的奥秘！

小洲边丛林

当我们坐船行驶在万子湖，总会在不经意间邂逅小洲边的丛林。丛林随意地生长在小洲边，是湖景中诗意的句读。没有任何修饰的山水之歌，湖中荡漾着树的倩影，风儿从树顶吹过。这一棵树是另一棵树的陪伴，它们一起守候严寒酷暑，一起迎来日出日落。这里人迹罕至，只有凌空飞翔的鸟儿和浅唱低吟的虫子，在这片土地上琴瑟和弦。小洲上的丛林是过往游客最喜欢的风景，带给我们对这片土地的无限遐想。在茫茫的人海中，我们又是哪一片叶子，又能演绎出怎样的风景呢！此刻天苍苍，野茫茫，静谧的水乡被小船的发动机声音划破，只留下一道弧形的航行线！

水天一色

湖中的小洲也会有不寂寞的时候，因为会与近处的另一个小洲相望。丛林像列队的士兵守候小洲，流苏般的小草是湖中湿地的"主人"。她们和对岸的古寺遥望，古寺前的大树要两个人才能合抱。大树的枝丫展开，像一把遮阴的大伞恰到好处地修饰在古寺前。我们走进古寺，那里有准备好的香烛，触动我们虔诚的佛心。大家有序上前，诚心拜佛。平凡的生活总会有不尽人意的篇章，此刻我们真正地闲散下来，静心膜拜，仿佛那些不顺心的情节会在经年后烟消云散。当我们身处这水天一色的情景之中，忘我地呼吸这清香湿润的空气，迎来生命中短暂的静谧。

水乡大地

黄昏时分，我们的车队踏上归途。水乡大地是一幅绿色的春景图，在我们面前徐徐展开。三月的春风吹拂，小草的清香味夹杂着泥土的气息，这片神奇的故土竟让我们如此着迷。防洪大堤的防护坡是绵延不绝的绿色长廊，资水静谧，只有偶尔飞过头顶的鸟儿带给我们动感的旋律。这片生我养我的热土，无论游子在外漂泊多少年，只要踏上这片土地，都会热血沸腾。同行的学友总会停下车，让我们再呼吸一下新鲜的空气，感知一下那欲滴的绿意，捧起一口清冽的甘泉。洞庭湖平原物产富饶，鱼虾满仓。资水汩汩清流，浇灌两岸农田。啊！美丽的水乡大地，今日我们在故乡的怀抱里沉醉！

南洞庭是大自然的迷宫，是生物遗传基因库。这个浩渺无垠的湖泊湿地，万种风情湖汊岛屿，是我们美丽的家乡，是我们的心灵栖息地！当我们成年后回望故乡，它竟是如此神奇！

大美安化

蓝天

城市的人潮如织，车流如梭。居住在城市的人们，在喧闹中已经很久没有看到蓝天的模样。夏天快结束的时候我们三十多个文学爱好者坐上安化旅宣办安排的大巴车，行驶在田庄香和南金乡蜿蜒曲折的盘山公路上，湛蓝天空漂浮的云彩是欢迎我们的圣洁哈达，那青山之巅，蓝天是可以变魔术的花园。

眼看一朵云彩要飞跃山顶，那缥缈的云海随时调整运动的旋律，一眨眼间不见了影子。天空只是湛蓝的样子，那深蓝的颜色在山顶上生紫烟，旁边的白云是蓝天的玉带。深邃的蓝，纯洁的白，都是生命中仰望的色彩。当我们乘坐大巴车徜徉在山间，天上的花园和人间的美景相互映衬，记不清有多少次，我们提出要求让司机在平坦处停车，下车后爬上一段山路，虽然也会气喘吁吁，可是当我们把自己的呼吸吐纳在这蓝天白云之下，融入自然的惬意会让我们一次又一次忘记归程。尘世的尘埃太多，我们的心灵永远在返璞归真的路上。蓝天成了我们旅途上美丽的音符，唱着夏之歌，唱着秋之梦，是荡漾在我们心灵深处的一帘幽梦，是无法用言语表达的。

青山

田庄乡和南金乡有多少座青山，这是坐在大巴车上前行的我们无法回答的难题。山路弯弯，拐弯处可能会有车轮胎悬空的惊险；悬崖峭壁，无限风光在险峰。当一座座山峰从我们视线中离开，又有一座座山峰回到我们的感知世界里。远山的轮廓冷峻，显示山的威仪。近处的山峦秀丽多姿，林间的小鸟是大山最好的朋友。

晨风吹来的时候，林间的风声是山间树木互相问候的晨语。鸟儿在晨风中醒来，飞跃枝头是它们晨练的功课。山坡上的草色青青，它们并不理会人间四季寒来暑往的变幻。丰富的大山是慈爱的温床，弹琴的蟋蟀、低飞的蜻蜓、山脚下的潺潺溪流，都在这里琴瑟和鸣。同行的小伙要我们摘下一片茶叶品尝，那种苦过之后的甘甜，沁入肺腑的清新，只有身临其境才能感受到。我们一路前行，在大山的怀抱里沉醉。当暮色降临的时候，山林的静谧让我们感知她的神秘。今天，枕着悠悠的山风入梦。

瀑布

安化的自然景观十分美丽，有山的伟岸，就有水的灵性。盘山而上的几天行程里，看到的瀑布有很多处。唯独天子山的飚水洞瀑布，给我们留下的印象最深刻。

飚水洞瀑布是一个典型的四级泉，垂直落差近 90 米。我们从天子山村的一条小溪逆流而上，去探寻飚水洞瀑布的美丽踪迹。沿途的小径，藤蔓重生。雨后的天子山，湿漉漉的模样，在秋蝉的鸣叫声中生机勃勃。黄色的蝴蝶、白色的蝴蝶、紫色的蝴蝶群舞在山林间。从溪流入口处两百多米，就可以看到瀑布挂在眼前。寂静的山林有了瀑布的陪伴，完全是热闹的模样了。水花从山涧垂直落下，嶙峋的山石制造水花四溅的场景。那些不规则的山石，拍打着节奏，那是泉之歌。我们踩着光滑的石块，步步惊心。收览沿途美景的雀跃，担心滑倒的紧张，让我们的心跳一次次加速。

这飞流而下的泉，唱着动听的山歌，流到四级深潭，浸润到岩石缝隙里。让我们每一寸肌肤都有了湿润的感觉，让我们在动感的水声中感受到生命的质朴与厚重。山与水的灵性是大自然的神奇馈赠，只有投入大自然的怀抱，真实地感受这旖旎的风光，才能得到更多的启示和感悟。

溪流

当我们风尘仆仆，穿行在山林之中，除了偶遇的瀑布，陪伴我们就是溪流。蓝天拉开迎客的门帘，溪流唱着送别的歌谣。为了看武皇溪峡谷溯溪，我们走了一段很远的山路。山区的天气在这个季节是变幻莫测的，刚刚还是晴天，马上就有乌云飘过。

我们在阵雨后看溯溪，步行没有多远我就摔了一跤，和这朴实的大地来了一次亲密的接触，连尘土都没有去拍，我们大队人马继续前行。同行的文友看出了我下山的"能力"，要我们互相牵着手，彼此搀扶，来到了溯溪入口。

当我从坡上下到入口，看到那水花四溅的溪流，情急之下，脱掉鞋子，赤脚走到溪流中去。雨后的武皇溪峡谷溯溪，水流很急，欢唱的溪流一路前行，绕过嶙峋的巨石，穿过矗立的石桥，流到下游的山谷，去肥美两岸的草地。当我们蹚过溪流，那沁入骨髓的凉，那水流湍急的力量，那小心翼翼的前行，每一步都是风景，每一步都是感动。景区有很多志愿者，他们在湍急的溪水中排成队，保护我们不被湍急的溪流冲走。我们在紧张与兴奋交替的时刻，弯下腰来捧一口溪水，喝下这清冽的甘泉，我们会感觉到无比舒畅，融入自然的惬意是幸福的又一次来临。

民宿

三天的旅程中，最幸福的夜晚是夜宿民宿村。那天黄昏时天气晴好，晚餐时下起了暴雨，我们在阵雨声中吃完晚餐，雨还是扑面而来。晚上九点时分，雨小了一些，我们跟着一位农家妇女住到她们家的木房子里。

我们在小雨中沿公路步行了五百米，再爬了一段山路，就到了这两层楼的木房子。当我们一行三人在客厅里坐下来，便感觉到这农家的干净整洁。不一会儿，大嫂泡上了自己采摘的红茶，那在滚烫的山泉水中翻滚的茶叶，温暖了我们淋雨后的慌乱。

大嫂还摆上了木瓜干，摆上了水果。在那个下着大雨的停电的夜晚，田庄乡的天子山村，这位勤劳善良的大嫂，为我们度过一个美好的夜晚忙碌着。她笑容可掬地为我们倒茶，为我们烧水。她铺上了崭新的床单，房间里弥漫着淡淡的香味。我们在雨声中沉睡，第二天醒来天已放晴。

安化县地处湘中偏北，雪峰山脉北端，山地占总面积的82%，多山的安化县，风景秀丽，民风淳朴，溪水潺潺，茶树满山遍野。这是一个迷人的地方，是一个热情欢迎来客的风景地。

大美安化，美不胜收。这里风景秀丽，民风古朴，还有闻名全国的"安化黑茶"。

如果你喜欢这方山水，朴实的安化农民一定会热情地欢迎你来！

东坪镇之夜

东坪镇，美丽的山城，好客的主人摆满了满桌的佳肴。晚宴让我们大饱口福，当我们走出酒店，正是夕阳西下！

徜徉在山城的江边，闪烁的街灯在暮色来临时，开始装扮这缤纷的夜晚。徐徐的夜风轻拂我们的脸颊，路灯下的行人并不行色匆匆，他们三五成群，闲谈中露出亲切的面容。山城的两岸，在我们前行中早已把灯火谱成曲子，夜风中摇曳的江水打着节拍，明明灭灭的湖光山色，倾泻着流苏般的山城情思。向前走是桥，往后走也是桥。

如果行走在江边是凉风习习，那么在桥上步行更是心旷神怡。桥头的门楼在夜色中灯光闪烁，远处的别墅在夜色中让人有了海市蜃楼的遐想。桥上的车流很少，偶尔有摆地摊的小贩。他们并不吆喝，也同夜行的我们一起相守在这美丽山城里。

走走停停之后，我们会去桥头看看夜宵城。同行的文友偶遇他乡的故交，这意外的重逢让我们的夜游增添了喜庆。

即使最简单的宵夜，也少不了手工擂茶。东坪镇的擂茶，用大碗盛装着热情，香味儿扑鼻。那酸甜可口的泡菜，那味道正宗的香干，都是平日在闹市里遇不到的美食。

夜宵之后，我们再上桥。用步子去丈量这座桥的距离，两岸摇曳的灯火，倒影成一个丰富的水下世界。

夜已深，我们不急归途。同行的文友不停地用手机拍夜景，这种新奇感让我们每一个人沉醉。我们是路过山城的旅客，无法用自己的行囊装载这柔和的夜色。只是在夜游的行程里，一点一点地激发对山城的眷恋，对人生旅途的欢喜。

或许，我们也无法描摹这山城的美丽。只好在前行的每一步里，感受夜的魅力，一起融入这美丽月色中。

今夜，我们会和山城一起入梦，在轻柔的江水节拍里，欢乐是梦的波涛。

秋风起，秋意渐浓

南方的樟树是四季常青的。燥热的酷夏似乎吸干了树叶的水分，秋姑娘来临的时候，那些枯萎的樟树叶片飘落下来，几个跟头翻着，就回到大地母亲的怀抱。

前几天天气十分闷热，一楼的地面上都渗出一层水。丛林里的小草懒洋洋的，提不起精神。走路的人们都有些倦容，汗滴不时地滚落在前胸和后背上。路上遇到熟人，都会异口同声说："今天好闷啊！"堵在喉咙里的那句话没有说出来，这天气不下一场大雨是不能让人舒坦的。

秋雨就在我们的企盼中姗姗来迟，黄昏的时候，敲窗的雨声有节奏地送来大自然的乐音。这淅淅沥沥的雨点，冲洗着丛林的灰尘，冲刷着公路上的污渍，空气中的燥热慢慢地消失。

树叶在雨中战栗，每一次的动感都很有规律，像听懂妈妈关爱话语的孩子，在吐纳新的气息！樟树在雨中，枝干都是有风度地挺立，显示出威武的样子。樟树叶舒展自己的身子，任雨丝拂过，偶尔有一滴水珠滚落到树叶边上，多么渴望能形成琥珀的样子，可是水珠还是无声地滚落到草丛里去了。大自然的这种循环是多么的富有诗意，让久旱的植物都换上了新颜。

马路上的行人都撑着伞，改变了往日疲倦的模样，步伐坚定地顶着风前行。四季的语言就在这秋风起时传送到你耳畔，你的每一寸肌肤都感知到秋意浓浓的味道。

当时间的车流向前，我们无法拖住历史的车轮。每一次日出日落呈现在你的生命里，每一年春夏秋冬轮回在你的记忆里。远去的已经渐渐模糊，就像夏日的燥热，在这秋意渐浓的雨点里一步步退出往日的温度。眼前飘飞的雨丝，夹杂着泥土的味道，真实地告知我们季节的转换、寒意的来临。

南方的秋天是收获的季节，压弯了腰的稻穗，挂在枝头红澄澄的桔子，都在这秋风起的日子里要离开肥沃的土地，走进千家万户，成为人们丰衣足食的生活物质。所有花开时的美丽，结果时的辉煌，都是故事里的美丽情节。

当你渐渐地走进南方的春天，走近那些铺满落叶的樟树林，走近那些沉寂的老井，走近那些留下稻茬的庄稼地，你不必让冷风吹凉你对生活的热望，因为冷风起后，秋雨将至。这神奇的水珠会滋润人间万物，会渗进泥土深处，长出希望的光辉！

当我们走在充满冷意的秋天，感知秋的气息，我们会平和地迎接季节的轮回，迎接生命的斗转星移！因为我们知道，在默默前行的人生里，我们会遇到繁花似锦的春天，会遇到热火朝天的夏季，会遇到秋风萧瑟的秋季，更会遇到白雪皑皑的冬天。

生命是一本丰厚的现实作品，每一个日历上都是你自己弹奏的音符。在秋风起、秋意渐浓的日子里，愿你一路欢歌，摇起浆，渡到你的每一个彼岸。

行走的风景

六月的雨来得很猛烈，天空是变黑了的关公脸，瓢泼似的阵雨敲打着城市的玻璃窗，低洼的地段积满了水，形成城市中的"水塘"。甲壳虫一样的几辆汽车在池塘里游泳，一阵接一阵的雨点摇晃着车顶。公交车绕道而行，大车和小车都亮起了尾灯，堵塞成雨中火把一样的长龙。公交司机汗流浃背，对着这前不见头后不见尾的车流发几句牢骚。城市的公交站旁边都是几寸深的积水，有的下水管道口有水汩汩向外倒流。

这六月的阵雨阻挡不了人们的行程，当火车吹着长笛走进站台，被淋湿的旅客还是欣喜地走进车站，登上火车开始自己的征程！

火车站的站台欢送异乡的游客，前行的火车载着雨声、载着梦想、载着离愁别绪，缓缓前行。火车是旅客的栖息地，如同鸟儿休憩在鸟笼里。隔窗的雨点是旅客的近邻，那些活泼的雨点有节奏地敲打着窗户，是大自然赠予旅客的自然和声。不管是前行，还是晚点，那些调皮的雨点总会来到窗外，模糊了窗外的世界。火车里面的灯舒适地贴在车皮顶上，不管是白天还是晚上，都眨巴着瞌睡虫一样的眼睛。车上有了柔和的温情，来自天南海北的旅客，闲聊起来。说起今日高考的放榜，说起四川省的泥石流，说起云贵高原的风俗人情。世上的缘分很奇妙，因为在这风雨兼程的路途，我们拥有了一个遮风避雨的车厢，才会拥有如此温暖的关心话题。在这个密不透风的大箱子里，我们拥有共享的善意，以此来驱赶旅途的寂寞。

黄昏时分，骤雨停歇。没有分别的长亭，只有窗外清晰的山峦。白雾如玉带，围绕在山峦之间。山顶是苍茫的颜色，只有几棵大树耸立在山顶上，赞叹着大山的威严。山脚下的农家房舍，建筑风格各异。有欧式的洋房，也有简陋的两层砖瓦房，房顶上的炊烟只是多年前在袅袅升起。今日阵雨后的农田，都是墨绿的颜色，只有几处低洼的地方，变成了汪洋一片。那浑浊的水流漫过稻田，带上村庄的泥土，流向更低洼的地方。

火车继续前行，火车轨道之间的鹅卵石喝足了水，轨道之间都是湿润的空气。火车放慢了脚步，迎接寂静的夜幕，行走的风景，都在追问远方的远方，那些翻山越岭的火车，不知疲倦地在平行的轨道上徐徐前行，夜的静是旅客安眠的营养师，窗外的山峦、河流、房舍，都一起陪着入眠……

劫后余生

百里杜鹃是闻名于世的风景区，位于贵州毕节市黔西县和大方县的交界处。我对百里杜鹃的花仰慕已久，即使到了落花的时节，也想去目睹这百里丛林的风采。

六月的雨丝纷飞，丝毫没有酷夏的炎热。我从江南的雨季来到云贵高原的雨季，只是移动了听雨的地方。苍天有泪，不知是孕育多情的离愁，还是谱写悦耳的音乐。雨，就这样不停地下着。想溜达的心总是会叩响外去的门铃，于是，在朋友的关照下，我坐上了去百里杜鹃的便车。

车窗外雨声不断，公路被洗得干干净净。不多久，我们就从黔西来到了百里杜鹃。在阵雨中，只看到一座接着一座的苍翠的山林，每一个山坡都是翠色欲流的碧波荡漾。湿了的山林，是另一种浓墨的山水画。在蜿蜒曲折的山路上前行的汽车是代步的工具，把我们乘客封闭在一个现代化的机器里。只有身边一晃而过的山林，在夏雨中品铭着甘泉。

那些雨点均匀地落在树的叶片上，叶脉在雨中会越来越清晰吧！渗入土地的雨水，带着叶子的清香，去滋润大地的每一寸肌肤。这种物质世界的联系多么富有诗意，或许来到世间的每一个生灵，都在轮回自己的今生和前世吧！

杜鹃花已经凋谢了一个多月吧？这瓢泼的大雨似乎要洗尽尘土，让化着泥土的香味儿从地里冒出来。打开一点点车窗，真的有清新的空气入五脏六腑，让我在行程中有了小小的兴奋。

在百里杜鹃的小镇上吃了午饭，认识了新的朋友，虽然在工作日不好举杯，但是那里的菜肴味道很好，让我们胃口大开。

返回黔西的时候，新认识的朋友执意要送。盛情难却，我们又在阵雨中返回，七拐八弯的都是山路。

当汽车行驶到一段下坡路，竟不知怎样的车子莫名奇妙在公路上左左右右地跳跃起来。千钧一发，我怎么也想不到灾难就那么近那么迫切地要接近我，更让自己惊讶的是，我在灾难面前竟然是如此从容和镇定。

朋友不停地嘟哝："坏了，车爆胎了。"我用尽了一生中从没有过的平静和低沉的声音对他说："不急，没有关系的，先尽力停下来。"

汽车变成脱缰的野马，在公路上杂乱无章地跃动了500米才在一个靠近平地的下坡处停了下来，我们都长长地舒了一口气。缓过神来，下车一看，车并没有爆胎！只是不排除疲劳驾驶的可能性，或者是把行驶到下坡路的刹车踩错，踩成了油门。

如果此时前方正有车行驶过来，如果车停不下来……也许没有如果了，因为这个世界没有了我，同时我也没有了如果……

我平静地面对这突如其来的风险，只有父亲刚毅的眼神在我心上一晃而过。慈祥的父亲此刻应该在家里，或者会打一个喷嚏，或许会离开电视机看窗外的雨，或许在惦记着我的归途……

来云贵高原之前一天，我去看了父亲，和平常一样，给他做了晚餐，并且陪父亲吃了晚餐。所以在这个如此危险的时刻，我只记得父亲的眼神，那眼神给了我镇定的力量。

返回黔西小城，我迫不及待地吃了大餐，安抚自己的命悬一线，庆贺劫后余生。

当我在夜市的路灯下徜徉，感觉自己是一个凯旋归来的战士，好像会用战斗的激情，去拥抱每一个美好的明天。

当我们行走江湖，漂泊异乡；当我们行色匆匆，游历风景；当我们历经艰险，笑谈人生。生命是一幅展开的画卷，行走的经历是现实生活的另一种体验。因为我们已经远离了一些平常的慵散，远离了一些消极的倦怠。我们的平凡日程里，有了他乡的风土人情，有了远方的花开花落，我们的视角变得更浩瀚，也会在归程里更加珍惜身边人。

花开黔西

轰鸣的火车穿山越岭，我从江南的梅雨季节踏浪而来。淅淅沥沥的雨声唱着清凉一夏，巍峨的山峦在雨声中越来越苍翠。穿过城市的繁华，穿过乡村的婉约，风尘仆仆地走到了云贵高原，来到美丽的小城黔西。

城市的天空在连绵的雨季暗淡下来，街上的行人在这酷夏的天气里都穿上了夹衣。撑伞向前的行人好像能感受这个季节的凉意，他们大都把身体蜷缩一些，在风雨中行色匆匆。

来到黔西，羊汤面肯定是要品尝的。街上的面馆各有特色，随意走进一家面馆，都能闻到羊肉的味道。好客的黔西人都会喜迎外地来客，两三分钟时间，羊汤面就端了出来。

我点的小碗羊汤面是我一个人丰盛的早餐。除了羊肉的香味，葱花是必须有的。面汤色泽清亮，颇有层次感，从底层的面条，到上面的羊肉片，到最上面的葱花和辣酱，构成了色香味俱全的羊汤面。外加一份泡菜，都是色泽鲜亮的样子。当我喝下一勺汤，那种温和的舒畅感让我遗忘了异乡漂泊的孤独，我面前的美食全部进了肠胃。站起来的时候，感觉浑身都有了力气。

来到美丽的黔西，闲逛是少不了的。我是一条自由自在的鱼，从步行街的北面游到南面。水果店、服装店、广告公司、儿童玩具店一晃而过，然而比起人文风景，我内心更喜欢自然界的神奇。

当我从百里仟庭酒店门口经过，看到了龙山公园的入口。下着雨，这里没有来来往往的游客，只有舞动清风的枝条和滴答的雨声。走在光滑干净的石阶上，每一步都是风景。草丛在石阶两旁疯长，展示着瀑布一样的绿海，摇曳在我的眼前。撑伞在石阶上行走，雨声中的世界非常神奇。小径旁舒展的绿叶是熟悉的老朋友，她们被这个季节的雨洗得澄澈透亮，显示出生命的活力，显示出绿色的祥瑞。

走进公园里面一些，有一些砚台一样的石块随意地躺在丛林之中。我不解其中的来历，对龙山公园的历史渊源并不太清楚。这些砚台状的石块是雨中的书卷味，在这独享风景的时刻，砚台成了我的新朋友，让我对她着迷。

再往前走，是一个新的售楼中心。我是千里之外的游客，对房价和住房结构并不在意，可是这售楼中心前的花展，却带给我意外的惊喜。

六月的鲜花是格外让人喜爱的，花长在斗车上，那是芬芳的花车，红色的花格外绚丽，细密的绿叶簇拥在花的四周，是大雨之中难得遇到的艳丽。花长在长廊之中，簇拥兰花的也是细密的绿叶，兰花的清幽便有了灵动的韵味。簇拥黄色花朵的，簇拥白色花朵的，缤纷了这个清凉夏季的诗意。绿叶还会簇拥在台阶上，形成一个椭圆的模样。那是盆景中的另一种格局，在淅淅沥沥的雨声中，欢快地点着头，每一次颤动都是一次生命的洗礼。

当我徜徉在黔西的街头，当纷飞的雨丝一次次吹起我的长发，当背上的双肩包在雨中不停跃动，当那些怒放的鲜花芬芳这个夏季，我已经融入了这个城市的律动，喜欢上了这多情的雨季。

在找不到密友来分享这些窃喜的时刻，我只能躲进属于自己的酒店里的那个小小空间，泡一杯新茶，唱几句小曲，送给快乐的自己。

比起揣测复杂多变的人心，人们都会更喜欢曼妙的自然风景。当铁路时代深入我们的生活，距离和路程都不是阻碍我们云游四海的问题。每一次远足，都是生命中的一次新生。比如黔西，并没有带给我陌生的恐惧感，小城的美食和美景，小城的风土人情，都是馈赠给我的生命厚礼。当我们厌倦日复一日的平淡，当我们在熟悉的人群里掩饰自己的那些小小的虚荣，当我们背负着凝重的亲情或者缠绵的爱情，生命的疲累成了一种痛，脸上开始起了皱纹。我们在无可奈何的生活际遇中度过一生。

邂逅黔西，约会一场清凉的夏季！

邂逅黔西，享受一段诗意的雨季！

邂逅黔西，品茗一杯独享的惬意！

福田之行

到省城长沙参加高校教师资格证考试后，为了调整心态，放松一下自己，11月8日，我踏上南下的高铁，准备去深圳度周末。

高铁上并不拥挤，可是高铁站人潮如织，热闹非凡。从长沙出发，火车一路向南，气温越来越高，从寒冬的长沙到暖冬的深圳，脱下的衣裳塞满了密码箱。

火车穿过高山，穿过平原，载着梦想南行。窃喜、雀跃、独乐填满了小心脏，那是紧张的考试后才有的思想火花。

而在此刻，周末下午深圳的福田，有三位帅哥在等我到来。他们都是我的学生。晚上八点半，高铁把我载到深圳北站，到了出口，三个帅气的小伙子齐刷刷地站在我面前，孩儿般地高呼："老师来了！"

深圳，这中国的"纽约"，改革开放的特区，以一场突如其来的小雨诗意地欢迎远客的到来。三名学生齐上阵，帮我提着行李箱，拿着背包，向福田洁的居住地出发。

街上行人稀少，他们大都坐地铁上下班。七弯八拐，走走停停，红绿灯如关卡哨兵，立交桥如雨后春笋，汽车把我带到了福田。

师徒四个，在福田的一个大排档，吃起了宵夜。我们还是点了湖南的特色菜雄鱼头火锅，酒过三巡微醉，我执意回酒店休息，可是学生们热情似火，非得要请我去KTV。

远游的我已经十分疲惫，可他们三个精神得很，一路高谈阔论来到KTV。

首先只有四个人唱，人太少气氛并不热烈，后来，做房产销售的洁请来了几个同事，都是深圳本地人，人多了起来，气氛活跃起来，紧跟而来的却是让人心惊胆寒。

后来听洁说，赶过来的那个同事之前在外面喝了白酒，已经醉得没有分寸了。当我们在 KTV 一展歌喉，门外突然吵得不可开交，那个后面来的本地人已经和隔壁 KTV 的人打起来了，两个人打架，七八个人劝架，吓得我出了一身冷汗。

保安过来了，经理过来了，老板过来了。大家纷纷好心劝慰，两个醉酒的男孩似乎平静下来。我对洁说，让我来买单，我们赶紧离开这是非之地。他们的表情很淡定，三个人都很平静，像什么事都没有发生一样，这种平静让人很不安。

我们走出 KTV，这时已经是凌晨三点多了。疲惫的我睁不开眼。深圳的繁华在我的视线里模糊，学生的热情在我的梦境里清晰。

他们刚二十出头，从闭塞的农村来到繁华的都市，享受着现代文明的滋养，遭遇着生存困惑的尴尬。他们拿着内地人眼红的上万元的月薪，他们过着比内地人还俭省的日子。他们穿梭在高楼大厦林立的深圳，他们连一个简陋的居所都难以找到。他们热情地欢迎远到的客人，他们没有选择地忍受严酷的工作环境，谨小慎微地过日子。

啊！我的孩儿般的学生。啊！漂亮繁华的特区城市。融入的路，是一条艰辛的路。逃离的路，是一条遗憾的路。深圳的明天，给我的学生该做怎样的答复。

深圳是美丽的，高楼大厦林立。深圳是先进的，人才资源优化。深圳是富裕的，科学技术发达。深圳是独特的，她在城市群里引领潮流。美丽的深圳，希望能带给我的学生更加美好的明天。

福田之行，带给我逃离北上广和融入北上广的思考。先进城市得天独厚的工作环境，休闲场所，与国际接轨的思想观念，对中国的年轻一代有磁场般的吸引力，会给这群体无限的生命活力和超越上一代的思想冲击。他们满怀希望，却又在激烈的竞争中缺少文化底蕴的支撑，然后又痛苦焦虑。他们白天在职场上风度翩翩，潇洒风趣，夜晚在廉租房里思考明天的生活，展望未来。

来自内地的我们"70后"，已经缺乏来深圳冲刺的勇气。我们舒服地安于现状。等待我们的下一代去大城市冲刺，鼓励他们勤奋学习，刻苦钻研。让他们带着梦想，带着技能，带着能与先进城市匹配的正能量，去创造他们自己的明天。

啊，福田之行，是一次震撼内心世界的旅行！

风云际会那片海

天晴的时候，阳光过滤着七彩云，海面波光粼粼。

天雨的时候，风云际会，云雾袅绕，海面腾起一片一片蘑菇云。

这是一个初冬的午后，走在情侣中路的海岸线上，虽然下着雨，却没有一丝丝的寒意。这种湿热气候和海面上云层的翻滚，让人感受到一种舒爽、一种惬意、一种飘逸。

长长的海岸线，涛声是咏叹时空的钟摆。一个海浪打来，一声撞击淹没在海边；一个海浪淹没，另一个浪花奔涌而来。这种奔流不息的节奏，是大海对地球的一次次亲吻；是海水对人类的一次次亲昵！这种力量，如火山迸发般绵延……

走在这长长的海岸线上，因为下着雨，偶遇的人群很少。只有几个和我一样旅居这片海域的闲散的异乡人。这些人都会打开手机的相机，好奇地面对这南国的海域风情，拍下难忘的记忆。一个撑着伞前行的欧洲人，皮肤白皙，蓝眼睛。他突然转过头来，用流利的中文问后面的两个同伴："你们怎么没带伞？"跟随的两个人，相视一笑。那种表情，仿佛在说："看雨中的大海，还需要伞吗？"

于是，我也收拢撑开的雨伞，开始在雨中的海岸线上前行。

陪伴我前行的，是不断奔涌而来的涛声，这种有节奏感的音乐让我忘记所有的前尘往事；陪伴我前行的，是海岸线上一棵又一棵棕榈树，这些棕榈树顶着风雨，描述着南国风情。

在雨中的海边行走，有另一番情趣。远处的港珠澳大桥在雨雾中若隐若现，情侣岛上的"贝壳"是珠海市的标志性建筑，此刻，正在聆听着这风云际会的云雾，它的旁边，珠海大剧院正在演出音乐剧。自然界的"歌舞"与艺术节的"乐音"交相辉映……这种奇遇，是送给在雨中步行海岸线客旅的最醉人的礼物。

壮阔的海面，运送一缕缕咸咸的海风。当你停下脚步，驻足在这初冬的午后，海的味道填饱你全身每一个细胞。世事难料，沧海桑田在风云际会之后浸润每一处神经，留下的却是没有悲喜的平静、没有雀跃的安宁……

抬头看，天蓝蓝，海蓝蓝。只是此刻的云雾迷茫，这种蓝，有墨色的痕迹。

走在这雨中的海岸线上，仿佛听云层在渺远处划破海面。那激越的洋面，在一声声怒吼。吼叫着大海的碧荡，吼叫着地球的炽热，吼叫着宇宙的威仪。

我是土生土长的江南女性，婉约的江南塑造了我的灵秀。当我幼小的时候，我在课本中读到海的模样，想象着海的壮阔与神奇。

今日的风云际会，让我读到了课本中没有遇见的激越与变幻。海是飘逸的、野性的……这种野性融化了我骨子里的沉默与安逸，唤起了我对生命的思考、唤起了我对世界的认知。这个世界上，还有多少无与伦比的美丽，在世界的某一个角落等着我们来，读出大自然的奥秘和神奇。

天晴的时候，大海是平静的使节，礼让着壮阔与悦动。

天雨的时候，大海是出征的将士，展示着雄风和威武。

在这样的雨天，情侣中路的海边，走一走美丽的海岸线……是一种把生命气息融进滚滚浪涛的瑰丽；是一种魂化所有失落升腾美好依恋的传奇。我们曾经都是一条鱼，来自远古的海洋进化的鱼。在这风云际会的时刻，我们只是遇见了我们自己。

凤凰湾沙滩

在这个初冬时节，凤凰湾沙滩以一种闲散的方式出现在我的生命里。

从珠海市区的香洲总站出发，坐 32 路或者 10 路公交车，经过五个站台，就来到了这个海滨的沙滩。

来到凤凰湾沙滩，已经是黄昏时分。走过一段水泥路，花团锦簇之下，下几级台阶，就可以触摸到细腻的黄色沙滩，听白浪的咏叹。下台阶的时候，我早已脱下鞋子，赤脚走在沙滩上。翻滚的海浪常年累月洗刷着海岸，堆积着泥沙，一天天，一年年，就这样流沙沉淀，沙滩的面积不断扩大。

我似乎控制不住自己激动的情绪，在沙滩上小跑起来。这细细的沙粒摩擦在脚底，流线型地变幻着各种形状，每一步走过的路都留下痕迹，留下我的欢愉。

沙滩上人来人往，有年轻的夫妻带着小孩玩耍；有中年夫妻在沙滩上漫步；还有几个幽默的老头，互相"讥讽"打趣……在这黄昏时分，沙滩成为市民和游客逍遥游的好去处。

走着累了，就坐下来，或者放一块松软的帷幔，平躺在沙滩上。于是，在自己追赶明天的路上，诗意地慢下来……海风咸咸的，湿热的味道，海浪轻轻的，飘逸的柔和。

当我挽起裤管走在海边，浅滩上的细沙都是一处完好的平滑的沙平面。踩下去的那一瞬间，海水漫过来，脚印全部抹平。一个浪头打过来，浪花在我的脚下欢腾，那是大海对我生命的融合。一个浪头漫过去，波涛涌动，远去的皱褶是海水的漩涡，那是海水要远航的写意。

当我沉浸在海浪的歌咏之中，抬头看天边。晚霞已经染红了天际，霞光、远帆、云海、雾气包围着整个海滨，沙滩静谧下来。我玩得有些疲倦，回转身上台阶，穿上鞋，往沙滩的另一个方向走去。

我知道，走过一条小径，走过一处绿茵场，"时光书屋"在柔和的夜景中等着我，书屋的"主人"是一位妙龄少女，在吧台前忙碌着。

我走进书屋，直接在右边的一个卡座上坐下来，问吧台要了一杯茶，一个三明治。当我坐在时光书屋，翻开《北京，北京》这本小说，我读到一位医学博士对社会的思考，这些逻辑思维清晰的句子，让我在时光书屋里有了新的感悟，产生了一些对这个美好世界的幻想……

虽然我们生活在亲情、爱情、友情的网格里，承受着人世间的悲欢。可是，每一个生命的个体又是如此的相对独立。比如今天，比如此刻，我似乎不需要任何人的陪伴。我只想静静地坐在这个海边的书屋读书、喝茶、吃几个三明治……生活的简单中又不失浪漫的情趣，是自己和自己独处的一种舒适。可以想象，我的表情很随意。或许我皱眉，是对书中的某些桥段不满意；或许我含笑，一丝不易察觉的欢喜从心底溢出来，那是我和作者在此刻心意相通，陶醉在某一个情节。

至于在时光书屋写一张明信片，寄给未来的自己。这些事都已经不是我的喜好，我的未来都在追逐幸福的路上，在那些别人看不到、听不到、摸不着的细密的心思里散发着对文字的拿捏，对生活的思考中，是无法描述的一种情趣。

茶在我的喉咙里浸润，三明治已经走到了我的胃里面。而我自己呢？已经把自己融进了这海滨的静谧夜色之中。关闭的玻璃栈道是海与我之间的屏障，我在时光书屋里抬起头，看到远处海天合一的情景，看到苍茫的大海平心静气地容纳百川，看到海中的孤岛光线慢慢地黯淡下来……

凤凰湾沙滩，全方位开放的海景图画，每一处都是有浪漫气息的。凤凰湾沙滩，涌动的浪花打着节奏，每一声咏叹都是海的呼唤。凤凰湾沙滩，绿茵场上的每一棵小草都竖起耳朵，聆听夜风抚摸海面的旖旎。我的梦呓里，都是洋流。那些湛蓝的海水，已经渗透在脉管里。我的梦境里，都是黄沙，那些细细的触碰，留下美好，留下记忆。

走进来仪湖风景画册

初冬的一个周末，细雨纷飞。我们和银城文学界几位前辈一起，前往来仪湖风景区观光游览。纷飞的雨丝带来冬日的凉意，可是我们的游览兴致不减。来仪湖风景区，展示了洞庭湖平原新型智慧农业的风貌，展示了近三十年来益阳市人民政府治理烂泥糊水利设施的成果。这些翻天覆地的变化，构建了社会主义新农村的崭新面貌，让赫山区泉交河镇老百姓的农耕生活得到很大的改善。这些水利建设和农业生态园的建成，也得到了当地老百姓的一致称颂。

智慧生态农庄

智慧生态园坐落在赫山区泉交河镇菱角岔村，这个村是由原竹泉山村和原桔园村合并而成。

村子里的老人家说："有女不嫁竹泉村，干怕干，淹怕淹。"因为以前村里的水利设施没有修建好，公路也没有整修（以前都是红砖渣和泥土铺路），所以是一个遭人嫌弃的穷地方。

如今，新修的公路路面平整、宽阔，我们驾车驶入园内，一幅水乡风景图清晰地展现在我们面前。

智慧生态农庄是益阳市首个集成运用"互联网＋农业"的智能化、系统化智慧农业综合服务中心，是赫山区发展现代农业和智慧农业的"引擎"和"大脑"，主要是向区内外农业经营主体提供现代化农业生产技术，推动现代农业智能化。

这种举措是一种真正的解放农村繁重劳动力的亲民举措，很小的时候，我家里种植了七八亩水稻。至今我还记得，那个时候跟在妈妈身后插秧，为了把当天准备好的秧苗全部插完，月亮都老高了，我们母女两个人还在田间劳动。湖区水蛭多，咬住我的小腿不放，我也似乎累得失去知觉，在那样的乡村月夜，喂饱了一条条水蛭，直到它们撑得滚回水田。

这些经历，让我有了不怕"吃苦"的生活勇气，可是长年累月的劳作，累垮了母亲，现在她身体很健朗，就是腰子总是弯着，直不起来……

我从回忆中醒悟过来，跟随前辈们一起，参观"智慧农业第一村"。

当我们一行几人走上木制的长廊，欣赏这风景秀丽的水乡风景，我们不得不被现代科技手段治理农业所折服。智慧农庄的鱼塘都是规则的长方形，水池大约十多亩的面积。池面水平如镜，可以清晰地看到自己的倒影。这些长廊的出现打破了池面单调的沉闷，让这宽阔的水面有了生气和诗意。池边的稻田，稻子已经收割，只剩下一些参差不齐的稻茬。网箱里的鳝鱼，可能在准备过冬了吧！远一点的地方，新建的石拱桥点缀着智慧农庄的诗情画意。

沿着长长的木板路，穿过一些丛林，我们来到智慧农庄的另一处。这里又是另外一种田园格式。我们遇见了稻田改成的荷花池，漂浮在池面的"水葫芦"四处可见；我们遇见了格桑花种植在稻田，虽然已经过了花期，也会在这初冬的细雨中送来阵阵芳香味；我们遇见了道路和稻田的链接处的八角楼，这些亭台楼阁展示了智慧农庄的书卷味；我们遇见了智慧农庄靠近公路处的种植园，葱茏的绿色带给我们对来年春天的美丽畅想。

这些智慧农庄的设置，展示了传统农业向现代农庄迈进的历史进程。千百年来刀耕火种的时代将会成为历史的记忆，现代科技走向农村，用互联网的模式构建农村新风貌的时代已经迈开步伐，走上日程。

来仪湖国家湿地公园展示馆

赫山区，位于湘中偏北，地处洞庭湖畔，是湖湘文化发源的重镇。来仪湖国家湿地公园展示馆，是这个地区历史文化的名片。

我们一行四人走进展示馆，丰富的图文知识让我们读到了、领悟到了一个文明的"老益阳"，一个发展的"新赫山"。

我们在展示馆里看到了现代剧作家、小说家叶紫的塑像和简介，想起十岁的时候，乡下缺少儿童读物，父亲的《现代文学》成了我的"课外书"。我读到了叶紫的作品里那句"兰溪小河口么！"，就问父亲，是不是这个地方就是我外婆住的那个小河口呀？父亲回答说是的。今天在展示馆里读到名人的简介，觉得能在童年的时候读到叶紫的作品真是一件幸运的事情。

我们还读到了晚清中兴名臣胡林翼的简介，我们的文学前辈还向我们详细地介绍了胡林翼杰出的军事才能。

名人的事迹已经写入史册，后世的人们在历史的车轮扬起的尘埃中感知他们的丰功伟绩。

展示馆里陈列着洞庭湖正在消失的鱼，警示我们人类要保护好自己生存的星球。如果地球的环境气候日益恶化，人类的生存会面临资源枯竭的挑战。我们都是一条来自远古时代进化的"鱼"，我们不能灭了自己的"生活圈"。

展示馆里有许多地方文化的代表作品，我们小时候喜欢看的花鼓戏、赛龙舟等都有栩栩如生的塑像。有江南荷叶田田的采莲图画，这种出淤泥而不染的荷叶荷花渲染了展示馆的乡村气息，让每一位来访者都不会产生视觉疲劳。

烂泥糊地处洞庭湖畔，居于湘、资两水之间，总流域面积 1584 平方公里。在实施烂泥糊治理工程之前，因这里地势低洼、水系复杂，当地既得水之利，又遭受水之害。每到汛期，大雨水流积，成为一片汪洋，这样一来，数十万群众深受其害，苦不堪言。

1974 年，益阳县委在上级主管部门的支持下，举全县之力，克服物资紧缺、施工技术落后的困难，用三年时间，完成劳动工日 4348 万个、土石方 4188 万立方米、建筑物 339 处，人工开挖新河 37 公里，形成了完整的防洪大堤封闭圈和内外调蓄水利体系，解除了烂泥湖的水患之灾。

展示馆完整地记录了烂泥湖的综合治理过程，虽然在我们资阳老家，"70

后"都知道烂泥湖修建的艰辛，但是比我们更小一些的益阳人，是很难体会到当时修建这个水利设施的热火朝天的场景、天寒地冻中全县劳动力忘我劳动的艰辛。这个展示馆，会让所有来参观的游客对这片土地有更深刻的认识。

展示馆设计新颖，布局合理，光影恰当，资料丰富。这是一个展示老益阳近代的民俗风情、农村水利设施变迁、历史人物传记等内容的知识窗，有很强的观赏价值和艺术价值。

来仪湖渔场"渔家乐"

我的二叔就是1974年招工来到烂泥湖渔场工作的。这次来到这里参观，就顺道探望一下叔叔，在叔叔家里来一个"渔家乐"。

叔叔已经年逾花甲，虽然退休在家里，可还是闲不住。

堂弟的鱼塘，叔叔帮他看着，鱼塘边的菜地，全部都种上蔬菜，婶婶在市里陪读，叔叔在家里守着老房子，里里外外打扫得干干净净。他的精神状态很好，完全不像一个年近古稀的老人。

我对叔叔说，让他不要太忙，简简单单做几道菜。我帮老人家洗菜、切菜，把米下锅，不一会儿就开吃了。

叔叔在桌上说了很多歇后语，还对我们在座的几位朋友说，益阳文化界的作家，一定不要忘记我们民间的这些俗语，这些来自生活中的经典语句展示了烂泥湖这个地方的民俗。

"王木匠砌猪牢——窨口不开"，有了这个俗语，村子里养猪户是不会请王木匠砌猪牢的。我们在座的人都不明白这里面的意思，叔叔说如果"窨口不开"，猪不开后吃食，养猪户就会亏大呀！他这么一说，我们都哈哈大笑。这都是乡民们生活中的忌讳，没有领悟风俗的人是无法明白的。

同行的一位长者也是年逾花甲，叔叔和他问起长序，他老人家又来一句"我们都是隔天远、离地近的人了。"他的这种幽默风趣，让我们看到了一个睿智的长者宽阔的胸襟。

生老病死，是任何人也无法回避的自然规律。我们每一个人都要活在当下，都要好好珍惜身边人。

这一顿饭吃得很开心，我们在菜地拔了一篮子白菜，每一棵白菜都是水灵灵的，这些白菜都是无公害的食品，我们吃起来都觉得十分放心。

这种"渔家乐"的饮食文化让我们感知这里的渔民正过着安居乐业的日子，这些民俗乡情和这里的智慧生态农庄、来仪湖湿地公园展示馆一起，濡养着这一方水土，展示中国新农村的崭新面貌。

我们在午餐后恋恋不舍地离开了来仪湖渔场，叔叔让我拔了很多白菜、萝卜分给大家。要我有空余时间就过来玩，同行的好友在说希望自己也能有一个这样的叔叔，我调侃她："把我的叔叔借给你一点吧！"

来仪湖渔场的风景区，让我对农耕生活有了新的认识。这种智慧农业的模式，将会引来更多的"金凤凰"。农村有广阔的天地，对于有志向的青年人来说，这片土地会带来更多的传奇。

我国是一个农业大国，让老百姓过上好日子，是政府的一项长期工作目标。目前，扶贫工程全面展开，农业投入不断增加。这些富民工程，是解决老百姓生活困难的，是一件值得称颂的政府行为。这次参观，让我们真正走进了一个名副其实的来仪湖的"历史画册"。

亲情天伦

谢海燕老师

2014年，我来到益阳职业技术学院工作。这一年八月底九月初，是"迎新"工作最繁忙的几天。在益阳职业技术学院联合办学单位/湖南公共关系学院，负责日常工作的谢海燕老师迎新工作会议上的讲话，让我有了很深的印象。

谢老师三十多岁，身材高挑，偏瘦，但是精神状态非常好，她的眼神里流露出自信和智慧的光芒。记得听她布置迎新工作时，看她并没有带任何资料。所有的工作部署都在她的脑海里存贮着，哪一天有哪些老师在办公室接待，又有哪些老师在车站接待，还有哪些老师在系部接待，以至于学生接待组的任务，都安排得清清楚楚。

会后，我在想，这么多的名字和路线，是怎么一下子记住了的？因此，我对谢校长真的是刮目相看。一个女同志，要照顾家庭，要照顾自己，能够把工作做得这么有条理，确实令人佩服。

后来发生的一件事，让我感受到了谢老师的至善之情。2016年，我带的环艺班的一个学生叫朱炎，是一名贵州男孩。有一天早晨，朱炎肚子痛得厉害。看他脸色那么差，我派了一名大二的班长把他送到市区的第二人民医院。下班的时候，我去医院看朱炎。天啊！炎竟然被医生赶到医院大门口，弯着腰，疼得冷汗直冒。我当时看到这个情形，眼泪都流出来了。原来医院给他挂了吊瓶后，发现没有好转，要他住院。可是两个人身上凑起来，拿不出一千元。医院不担责任，让他坐到医院门口。

我赶紧联系家长、系主任、谢老师。三个人的反应有两种态度。家长不同意到大医院治疗，说肚子痛吃点药丸就好了。系主任冯晖第二天早上亲自来了医院，慰问学生。谢老师当晚就打了两千元给我，要先支援两千元给这位家境困难的贵州学生治病。

几天后，学生治愈。家长还是来了医院（据说别人提醒的），后来还送学生到了学校。这位学生家长是一个"喜欢喝酒的男人"，来学校时满身酒气。炎妈妈找到我，送给我一斤自己家里摘的板栗。她妈妈眼里流着泪，对我说："老师，感谢你的帮忙，治好了我的孩子，我老公是个酒鬼，我一辈子都没有过一天好日子"。

后来，谢老师来学校，我捧了一捧板栗给她，说是贵州的家长表示答谢的礼物。谢老师尝了一颗，对我说："这板栗还不错。"她的笑容如此亲切，让我感受到了一个知识女性的善良之光。那是一种善意和温柔，是随时都会散发出来的光和热，让身边的人觉得如沐春风。

谢老师是一个很随和的人，办公室的文员贝贝想离职回家，因为工作上有些不顺心。谢老师找到贝贝，跟她聊天，了解她家里的情况。通过做工作，硬是把贝贝留下来了。谢老师重视在校学生的学历提升，总是鼓励大学生提高自己的学历和学识。对于那些家庭条件困难的学生，她每年都会在贫困生中筛选捐赠对象，给予他们精神上和物质上的鼓励。

认识谢老师已经有四年多的时间，她的柔和、她的干练、她的朴实，都深深地震撼着我。这个世界上事业成功的人很多，但是事业成功的同时，还能带给身边的人这么多正能量的人，更令人敬佩。

我喜欢谢老师，不仅是她在工作上关心下属、事业专注，更重要的是她是一个人格完美、心里装着他人的知性女性。从她的微信号里，我也读到过她的心酸。我知道，她是一个传统的中国女性。她把苦和累留给了自己，把快乐和善良留给了身边的亲人和朋友。

父亲老了

双休日想去看看父亲，正好小侄女从太原回家。我们一家三代人，相约一起在弟弟住的小区前面的广场溜达。

到了小区站台，我还没有下公交车，就看见父亲牵着侄女在天桥下面等着。

小侄女看见了我，大声叫着"姑姑"，那种欢呼雀跃的声音仿佛要把这广场的花草儿叫醒。可是，紧紧地牵着侄女小手的父亲，满脸的倦容，很无力的样子……

我问父亲："您老人家生病了吗？"父亲淡淡地回答："经常都是这样病恹恹的。"

我的心里一沉，父亲在自己的兄弟姐妹里是老大，我们姐弟三人的成长又让他费尽了心。他的身体在一天天衰老，这种老态龙钟的样子勾起我一阵阵心酸。

我牵着侄女的小手，让父亲先坐在广场的椅子上休息。也不知道这老人家为了等着我来，在这里站了多久。

当我牵着侄女儿往前面的假山步行的时候，父亲睁开疲倦的眼睛，在后面喊我们："静静的水壶要带上！"

我带着侄女静静，往假山方向走。静静很活泼，一松手就围着花坛跑圈，一圈又一圈地绕着跑。这三岁半的小女孩，身体素质特别棒，在我的面前奔跑着，把我的头都晃得有点晕。

我给侄女讲童话故事，终于让她安静下来。小静静突然对我提出来："爷爷还在那边呢！让爷爷一起听故事吧！"

我忽然觉得这是一个很好的提议，我们三代人坐在一起，我成了儿童故事的讲述者。我的听众是父亲和侄女，当我尽心地把这些儿童故事的精彩情节讲述，小静静的眼睛睁得大大的，世界对她来说是一扇新奇的窗户。父亲跟我们坐在一起，看着可爱的小孙女，脸上有了难得的一丝笑容……

当我们奔忙于生活，混迹在人海中，我们在欢愉或者伤感的时刻，是否也曾考虑过、斟酌过、思量过，要留一点时间陪伴我们正在老去的父母？

我不敢揣度父亲心理，当他疲倦地坐在广场的长椅上，当我们看到广场上秋色迷人的时候，当小孙女静静在广场的花坛边奔跑的时候，父亲的内心，对儿孙的疼爱、对生活的思考、对衰老的无奈都潜藏在他的眼神里。这个生龙活虎的世界或许在哪一天，就要远离……想到这里，我心里已经十分难受，泪水在眼眶里转动。

"姑姑，你的眼睛里进了沙子吗？"

我摸摸小静静的头，回答说是的。孩子太小，无法理解人世间的生老病死。她的真实的关心让我回到现实的原点。

"爸爸，我们回家吧！"我展露满脸的笑容，陪着父亲，牵着小侄女静静，一起回家。

我们走得很慢很慢，父亲的步履蹒跚……可是我不着急，我有足够的耐心陪着他老人家慢慢地走。小静静时而甜甜地叫着爷爷，我紧紧牵着她的小手，我们三代人一起往家的方向走去。

阿 婆

阿婆是我旅居珠海的房东，今年八十四岁。这位精神矍铄的闽南老奶奶完全颠覆了我的生活理念。

在我的湖南农村老家，上了八十岁的老太婆基本上不出远门。这些老人家不会离开村子，不会上街，她们的思想停留在从前的时光里，节俭的品德，为儿女倾心付出不图回报，不讲究自己的生活质量，这些观念都会伴随到她们生命终结的那一天。

可是阿婆不是这样的，她每天早睡晚起，把家里收拾得干干净净。房东其实是阿婆的儿子，阿婆是跟着租客居住的老人。

岁月很无情，阿婆操劳了一辈子，背已经驼下去了，可是阿婆还是耳聪目明。我一进门，阿婆就告诉我怎样使用热水器，还告诉我卫生间的门最上面一层是玻璃，关门的时候要轻一点，不要撞坏玻璃伤了自己。阿婆给我的叮嘱，让我感激。闽南的方言我是很难听懂的，对于我不明白的地方，阿婆就做手势告诉我。她饱经风霜的脸上满脸笑容，示范开门关门的动作是蹑手蹑脚的样子，那种睿智的神情让我对阿婆再一次心生敬意。

阿婆一般都会比我起床晚一点。我六点多醒来，七点到八点之间都在锻炼身体，等我晨练结束，阿婆起床了。她会在一幅有帆船出海的画像前供奉，供品很简单，就是一杯清水。或许，多年前阿婆的老公就是出海捕鱼的渔民，每天出海，而阿婆就会在家里等候丈夫回家，渔船和水是阿婆念念不忘的纪念物品吧！

供奉之后，阿婆就会上街买菜。一个星期相伴的时间，我发现阿婆天天都买鱼回来，每次都是两斤左右。我很纳闷，天天买这么多鱼回来，这些鱼都送到了哪儿去了……

后来我才知道，这些鱼都是阿婆的食物。每次饭差不多熟了，阿婆就会把几条鱼放到米饭边上蒸这些没有放进油盐的鱼。阿婆每次吃饭的时间很长，可能是怕鱼有刺，或者年纪大了，吞咽有些费力。我总是看见阿婆坐在桌子旁边，细嚼慢咽。有时候我外出半个小时，回来的时候阿婆竟然还在吃饭。

后来我在想，慢慢地吃饭也是长寿的秘诀。我们平常总是觉得很忙，总是匆匆忙忙地吃饭。当我们的身体走了下坡路，才会想起自己在这纷扰的人世间，竟然在追求着很多物欲的东西，名利的诱惑……直到自己累得走不动了，才会在无限的后悔中懊恼，诅咒这失意的人生。

七天的行程很快就结束了，当我离开珠海和阿婆说再见的时候，阿婆牵着我的手说："你是好人啦！"

我可是什么都没做，只是在这几天的时间里，我没有对阿婆大声地不客气地说话，我的内心非常敬重她，觉得她是一个生活品质高的闽南老奶奶。

阿婆给我准备了一双鞋，准备了几个梨子，硬是要送给我。善良的阿婆可能是看我总是穿着一双时尚的拖鞋上街，担心我没有鞋穿。那些梨子，是怕我在路上口渴。

我不想接受阿婆的礼物，阿婆在这几天时间里，给我的"礼物"太多了。

回到家里，我马上开始清理那些没有用处的东西，统统丢掉。然后，给妈妈打电话，交流这些生活在特区城市的寡居老人的生活现状。

阿婆在没有家务事做的时候，会自言自语。她的孤独，她的念叨，让我有些难受。相信在那些特区城市，公共设施不断改进的同时，人文关怀也会在不久的将来走进寻常百姓家。

如果有时间银行、有义务上门的志愿者，能给这些老人家一些特殊的关怀，对不同年龄阶层的市民而言，生活会更加美好。

每一个生命，都面临衰老。如何优雅地老去，会成为所有人追求的时尚。

父亲的心事

父亲今年七十岁，是一位非常疼爱孙子的老人。

前几年来我家里，偷偷地塞零花钱给我女儿。因为他来我家里的时候，根本没看见过他拿钱给孩子。后来他离开我家时，孩子悄悄地告诉我，外公在吃饭的时候，在餐桌底下塞钱给她，还示意她别告诉我。

弟弟的孩子出生得最迟，他们的小孩出生后，夫妻俩就去外地创业了。两岁开始，父亲就带着小孙子，老家的邻居都说，我们家的小侄儿是他爷爷的命根子。

侄儿七岁的时候，在家门口遭遇过一次车祸。一辆后座上挂着箱子的摩托车，从侄儿的身旁疾驰过去，挂住了侄儿的棉袄，幸亏是冬天，侄儿穿了两件棉袄，挂烂的是穿在外面的棉袄，棉絮都露出来了，里面的棉袄完好无损，侄儿命大福大，躲过了这一劫。后来送医院检查身体，父亲坐在就诊室里，脸色很不好，整整一天都吃不下饭。

从那以后，父亲对侄儿的关照更加无微不至。每天牵着手送他上学，中午给他送饭到学校，晚上又去接他回家。

侄儿在父亲的悉心关照下，按理说是成长十分顺利的。可是，事与愿违，侄儿的学习状态总是不理想。

这孩子好像和书有仇似的，只要拿到书本就想打瞌睡。

有一次，父亲生病住院了，老人家整夜整夜不能安宁，一会儿要下床走动，一会儿要喝水，一会儿要去卫生间。那次住院有半个月的时间，病情刚好转一点，父亲就催着我打电话，问孙子的作业做好没有……

可是我知道，处于叛逆期的男孩，没有养成良好的学习习惯，对写作业这种事，都是抱着应付的态度。看他的作业本，那些歪歪斜斜的汉字，多么像小鸡在白纸上走一趟，根本就看不清字的轮廓。

父亲后来出院了，我和妹妹都在嘀咕：身体的病是治好了，可是爱孙子的病，医生是治不好的。

父亲还是慈祥的父亲，会走到街尾的肉食店买一个猪心，切好炒成一盘，自己一点都舍不得品尝，坐在餐桌旁边，面色温和地看侄儿吃完这一盘猪心。

周末的时候，父亲怕管不住侄儿，总是拿出自己的养老钱，送侄儿去培训学校补习。有时候，父亲会在周末急切地打电话给我，说从培训学校出来，侄儿和他一起走着，后来上车时又不见人了。

我尽力用平缓的语气回复父亲，说侄儿也不是小孩子了，也想和同学一起去玩一下，您老人家还是先回家，等下他自己会回家的。

平常的日子，侄儿过着饭来张口、衣来伸手的生活。早晨，父亲帮着清理书包；早餐，父亲摸着黑从外面买回来；放学后，侄儿要补课，父亲又把晚餐送到补课的地方。

从这些无微不至的关心里，我看出了种种问题。成长中的青少年，需要的只是食物吗？过度的关注，对孩子来说不是一种束缚吗？

"爷爷，您别来学校接我啦，我的同学都笑话我，你看我都一米七五的个子了，我都可以保护别人了。"侄儿对父亲说。

父亲没有回答。街上有一些小混混，有时也发生群殴。父亲最担心的，是群殴的队伍里有自己的孙子。

有一次我劝父亲，不要这样溺爱自己的孙子。父亲反过来对我说："没有这个孙子，可能我早就离开你们了。"我摸摸头，不敢再出声。这么多年的陪伴，侄儿已经成了父亲的精神支柱。以后这样的规劝，我又如何能说出口。

十三年的陪伴，六年的陪读……到今年，侄儿上了高中，弟弟和弟媳都执意让侄儿住校，让孩子融入集体生活。

退休的父亲，带孙子的工作"失业"了。

九月份开学的第一天，父亲给我打电话，要我去看侄儿，我没去。

第二天，又打电话，我还是没去。

……

后来妹妹告诉我，父亲在家里总是念叨，我这个不听话的闺女怎么不代替他去看孙子。

开学后半个月，我去看了侄儿。看他的状态挺好的，笑眯眯地站在我的跟前，完全融入了集体生活，这快乐的模样让长辈很放心。

一个人的成长就好比一棵树，过多的肥料和养分会阻碍树的生长。风雨人生路，每一次搏击都是超越自我的重生。中国的家庭，在传统意识里都非常注重子嗣，注重香火的延续，注重后代的培养和发展。可是，孩子都是活生生的生命个体，有自己的喜好和情绪。我们作为长辈，只需要引领孩子不走弯路。选择怎样的人生，就留给孩子自己去选择和思考吧！

大后天就是中秋节，侄儿也会回家和父亲团聚。不知在银色的月光下，举国欢腾的佳节里，父亲会不会迈开步伐，放下对孙儿的过度牵挂，去安享自己的晚年。而融入集体生活的侄儿，在老师的正确引导下，该会珍惜自己青春的年华，扬帆远航，去寻找属于自己的美好未来吧！

老家的"司令员"

温奶奶今年七十三岁了，是牛角仑村里有钱有面子的老太太。

温奶奶年轻时候是一个大美人，嫁给牛角仑村支书的儿子。后来她的两个儿子，一个当了兵，在部队当上了参谋长；一个发奋读书，成了博士后，在大学里当教授。平时空闲的时候，温奶奶也和村里的老人家唠嗑，打点小牌。虽然七十三岁了，可还是能自己种菜，自己做饭，身体硬朗得很。

如果不是扶贫小组到牛角仑村来，温奶奶的日常生活还是外甥打灯笼——照舅（旧）。

今年市劳动局的扶贫点是牛角仑村，市劳动局的干部扶贫的眼光长远，看到农村富余的劳动力中，留守的村妇是最多的。于是，市劳动局装了满满的几车鸭崽，还是从养鸭场优选出来的，送到了牛角仑村的每一户村民手中。

温奶奶家也不例外，分到了三十个鸭崽。自从养了这群鸭崽，温奶奶的日常生活就发生了很大的变化。

每天清早，温奶奶就下地，不是去施肥翻地，而是去捉虫子。天刚刚亮，温奶奶就提着个竹筒子，走进家后的菜园子。

十几条蜗牛，还有早晨在松软泥土上散步的几条蚯蚓，都被温奶奶带回家里。三十只鸭崽听见温奶奶回家的脚步声，都叽——叽——叽的嘶哑地叫着，它们的"声带"还没有长好，暂时还只能这样出声。

温奶奶加快了自己的脚步，对着这群鸭崽说："你们不要急嘛，好吃的就来了。"那一条条虫子，被温奶奶扔进鸭棚，成了鸭崽的美餐。

　　寂寞的温奶奶和这群欢乐鸭崽，成了世上最和谐的依存关系。每天早晨和晚上，温奶奶再不去村头唠嗑了，因为她成了名副其实的"鸭司令"。

　　温奶奶喂鸭崽的时候，心里是欢乐的。她仿佛回到了年轻的时候，养着自己两个活泼可爱的孩子，看着他们一天天长大……

　　温奶奶的家里并不缺钱花，她曾经缺少的，就是这一群叽叽歪歪的鸭崽……

父亲的苋菜

父亲执意在这酷热天里把家里种的一些苋菜送给我。过来的时候已经是晚上了，他老人家说急着坐公交车回去，在我家楼下把菜给了我，就匆匆离开了。留给我的是一个步履蹒跚的背影……

第二天中午，我打开冰箱，看到了这鲜嫩的苋菜。昨天晚上放进去的时候，是用保鲜袋装好的。

我轻手轻脚地拿出这蔬菜，把它放到厨房的灶台上择起来。哎呀，这是一包怎样的菜蔬啊！当我把所有的苋菜摆在灶台，每一根苋菜都是那么新鲜，叶片是最养眼的浓绿，叶颈都是脆脆的淡绿……

每择下一根苋菜，我仿佛看到了驼着背的父亲深弯腰在菜园子里的情景，菜园里蝴蝶飞来飞去，这满园子的菜蔬长势喜人，每一株绿色的植物都充满生机。这些葱茏的绿色植物是父母的晚年陪伴，是让他精心呵护的生命载体，承载着他们对孩子的思念和眷恋。

这浓绿的叶和淡绿的颈，在我的手中有黏糊糊的感觉。这不是蔬菜市场上被水洗过上市的青菜，这些黏糊糊的有些带黑色不明物体的东西可能是蜗牛的排泄物。当我仔细地择着每一根苋菜，一个新朋友来到了我的面前。那是一条很肥硕的蜗牛，短短的身材，鼓鼓的腹部……

当蜗牛滚落到厨房的地板上，我似乎听到了它轻微的叹息。这条肥硕的蜗牛离开了我老家的菜园，离开了那青山绿水的庄稼地，和笨笨的我一样来到了这喧闹的城市。

我小心翼翼地用硬纸托起蜗牛，赶紧下楼去。把这条来自老家的蜗牛放生到楼下的树丛里，但愿这肥硕的蜗牛能在闹市里过上舒坦的日子。

父亲送给我的苋菜都择好了，这陪伴父母安度晚年的植物，带给我的不只是一盘食材那么简单的馈赠。那些浓绿和淡绿的色彩，都是我生活中不可缺的抚慰。那些黏糊糊的味道，给了我对生我养我的那块热土的真实记忆。那条壮硕的蜗牛，是这个城市里跟我最亲的小动物……

昨天父亲送完菜转身离开的时候，他蹒跚的背影在我的视线里一点一点地远离。他老人家满心欢喜地完成我母亲的送菜任务回去了，但是父亲没有看到我接着这把苋菜的神态。我的鼻子酸酸的，想流泪。

我从小就是一个贪玩的孩子，在我自己的孩子成年之后，父亲还是把中年的我当成小孩，总是会隔几天就给我打电话，听不得我在电话里嘶哑的声音，担心疾病困扰着我。

父亲的苋菜啊！你承载着父母的牵挂，承载着浓浓的爱。平凡的百姓生活里，虽然香车宝马、锦衣玉食，但在这柴米油盐的琐碎日子里，所有的际遇都是记载真实人生的片段，让我们在闹市里不再寂寞，不再孤独。

食堂伙食

我们单位放暑假之后，跟着先生吃过一次他们单位的食堂餐，端着这盘丰盛的饭菜，不免想起小时候吃食堂餐的日子。

在我七八岁的时候，父亲在邻村的初中教书。有时候我们村放学早些，父亲就让我放学后去他们学校，做完家庭作业后，在父亲工作的学校吃完晚餐，再一起回家。

那时候遇到父亲这样带上我的时候，心里是挺欢喜的。记得父亲和一些同事围在一张圆形的桌子上吃饭，吃的菜并不是很丰盛，一碗腌萝卜条，一碗青菜，一碗肉汤。可是对于我们这些村子里长大的孩子，在那个物资匮乏的年代，这已经是非常好的伙食了，尤其是能在公家的食堂吃上一餐饭，心里会觉得特别起劲。记得那些老师在饭桌上高谈阔论，热心肠的厨房师傅还不时夹些菜到我的碗里，边夹菜还边说我长得像豆芽，要补充点营养。那种情景，已经深深地烙在我记忆深处。

其实那时候我也是一个闹腾的孩子，虽然长得很瘦，可是在学校里爬杆和翻单杠，我都是很厉害的。但是在父亲的单位吃饭时，我不敢说出这些，我怕这些大人不相信我，怕他们笑话。第二天上学时，我会开心地对我同学说，昨天我去了父亲的学校吃饭，那种欢喜劲儿至今都还记忆犹新。父亲见我每次去都欢喜，就在我考试得了名次或者歌唱比赛有好成绩的时候，允诺我去他们学校。现在回忆起来，感觉父亲要我去他们学校也是对我取得一点点成绩的奖赏。那些食堂的伙食已经在我记忆里模糊，可是往事常常历历在目。

十多岁的时候，我和我最小的姑姑（她只比我大一岁），会在天气晴朗的周末，去我们乡政府的纸厂，因为我的二姑在纸厂食堂工作。

我和小姑吃完早饭就动身，奶奶叫我们带上一些坛子菜（如剁辣椒之类）。乡政府的纸厂离我们家里有七八里路，我们两个人提着一袋子坛子菜，从乡下的田垄路七弯八拐，又走到公路上……走了很久，终于到了纸厂。

记得二姑是住在一间二楼的红砖房里，我们去的时候差不多是吃中餐的时候，二姑戴着一顶白帽子，系着白色的围兜，在纸厂的食堂忙乎。见我们两个来了，就上楼来打开门让我们进她的宿舍。可是那个时候我们最欢喜的，就是在二姑那里吃上一餐饭。二姑把饭打上来，米饭是大煤炉蒸出来的。我和小姑也是第一次看见这样的四四方方的米饭，二姑用粮票帮我们买了一些米饭，菜只有一份，也是一些腌了的萝卜条，一些我记不得名称的青菜，或者豆腐之类的，我们三个人就吃着一份菜，就着自己从家里带来的一些坛子菜，吃完了属于我们的"快乐午餐"。

对住在村子里的人来说，去一趟镇上的纸厂就是上街。所以，纸厂食堂的饭菜对我们有很大的诱惑力。二姑在纸厂上班，在我童年的生活里，有了与外界接触的机会，会觉得是多么的荣幸。

回忆是幸福的，我的父亲和我的姑姑都是慈祥的长辈，他们的关照和疼爱带给我快乐的童年记忆。今天当我端起这盘饭菜，有南瓜，有扣肉，有淮山炒肉，有辣椒炒肉，有玉米炖排骨汤……生活的品质，在四十年后发生了翻天覆地的变化。当我们过着衣食无忧的生活，住在宽敞明亮的电梯房里，我们是否会更加珍惜亲情，会像小时候长辈们关照我的时候一样，也尽心尽力地关心他们……这些吃食堂伙食的经历，是我童年的幸福写照，这么多年过去了，这些简单的食物让我对亲情心存感恩。

当我在先生的食堂吃到这些可口的饭菜时，我会觉得这个世界幸福的大门是向我敞开的。遥远的童年记忆是我人生的灯塔，亲情的光辉让我享受到了人间的慈爱……今日的际遇让我倍感珍惜，平凡的人生，凡间烟火，没有灾难的日子，都是幸福的……

买　梨

立秋后，资江边银城风光带上晨练的人增多。晨风中，散步的、练太极的、练剑术的……银城百姓迎来了美好的一天。

当我走到资江一桥，看到桥正在修整，建筑工人在这大清早开始美化桥栏。他们用油漆刷着栏杆，用沥青之类的材料修补桥面……听邻居说，资江一桥要维修半年，维修期间整座桥关闭，禁止车辆和人员通行。

从一桥走下来，到了市区菜市场交易额最多的蔬菜市场，有许多免费乘车的花甲老人，都会在这个时间段到这里来购买生鲜菜蔬。

"卖梨啦……卖梨啦……"一个拖着两个箱子的喊着卖梨的人引起了我的注意。我停下脚步，蹲下身来看她箱子里的梨，这些梨子皮是釉色的，有很厚很厚的皮的样子……这些梨多么像小时候自家梨树上的结的梨，虽然不好看，可是削皮之后，吃起来清爽的甜甜的味道，让我至今记忆犹新。

大娘看出了我喜欢这梨，笑容满面地问我："买我的梨吧，别看它不好看，可是吃起来味道挺好！"大娘的话正合我意，我迫不接待地从她的箱子边，拿起塑料袋子来选梨。

"我不是做生意的，家里的梨都大批发卖走的，你只管选。"听她说话的时候，不经意抬头又看了她一眼，大娘看上去五十多岁的样子。她的眼角皱纹很深，当她微笑着说话的时候皱纹好像舒展了一些，她拈着秤的手看上去并不是很干枯的样子，或许平日大娘也会在劳动之余涂上护手霜，不会像妈妈的手那样干枯吧……

选上五个梨之后，我让大娘给我秤。大娘还在嘟囔："我不是做生意的，家里的梨都是批发的。"当大娘秤我的五个梨的时候又说："四斤差一个，再放。"

我又乖乖地放进去一个，大娘后来连续说了五遍，也就是说我放进去五个梨。"一共是四斤三两，两元一斤，要么你换一个小一点的梨，要么四舍五入给我九元钱。"望着这有家乡味道的梨，我想都没想给了大娘九元钱。

回家的路上，似乎步伐更轻快，虽然提着这几斤重的梨，一点都不觉得累。

太阳的光线慢慢地铺满银城的街道，城市的热浪在这初秋开始涌动。这美好的晨和家乡梨子的味道，让我哼着小曲前行……

午睡过后，先生笑着说要不要吃点水果。我想起了清晨散步时买的梨，那一盘摆在茶几上的梨子，我拿起水果刀，飞快地削起了梨……

当我剥开梨，一股异样的味道钻入我的鼻子……梨子的肉浅黄的，我接着削，使劲削，最后只剩下很小很小的样子，我不敢吃，可这是家乡的梨啊，我还是用舌头舔了一下，一阵令人呕吐的气味让我连忙跑向卫生间。

我不敢相信自己这么低智商的选购，于是从盘中选了一个很小的梨，再削，小的梨肉还是白嫩，咬一口，那种酸涩的味道正合我此刻的心情……

当我再仔细观察这盘梨，又发现了大个儿的梨似乎都有硬伤……

这种遭遇让我觉得自己生活能力如此不堪。

于是我才想起那大娘拿秤的手，跟我说的那些话，要我加的一个又一个的梨。

我想起晚上散步时，那一堆堆的处理掉的梨，在躲避城管追的买卖的梨。

此刻，我觉得茶几上摆的不是梨，是我自己，是我自己数着钱卖了我自己。

父亲的晚餐

你是否和我一样，在下班的途中颠簸，穿过城市的大街小巷，去给父亲做一次晚餐？几年前都没有这种穿梭，父亲身体好着的时候，是不会答应给我这种机会的，怕耽误了我的时间。

在自己的家里，先生精于研究做菜的过程，孩子对食材的选择很讲究。通常情况下，我只有打下手的机会。所以对给父亲做晚餐这件事，我从心底里是十分乐意的！

父亲总是在楼道口和别人聊天，实际上是在等着我来。

我从公交车上下来，走过熟悉的天桥，走过茶叶市场，从街市里热闹的人群里转出来。远远的，父亲看见了我，就站起身来，等我靠近的时候，告诉我陪他聊天的是某个地方的熟人，或者是远房的亲戚，或者是以前的邻居。他会告诉我哪一位老人过得很幸福，哪一位老人过得很不幸。

夕阳西下，我跟随父亲。看见他的脸上开始长了老年斑，那些黑色的斑点是父亲开始衰老的标志。父亲也会跟我说起最近长的老年斑，我都会很乐观地对他说，您老了也是一个帅气的老人家嘛！

只是在我心里，我也希望这些老年斑不光顾父亲的脸。我不想看到父亲在我面前一天天衰老，可是我又不得不面对这种衰老。无可奈何的时候，我的乐观也许能带给父亲一点点安慰吧！

进屋后，侄儿看到我来了，欢天喜地。打了个招呼，又写作业去了。

我把苋菜放到地上，开始把米下锅。我会让父亲坐在餐桌旁休息，边择菜边和他聊天。

父亲会告诉我哪个菜市场的菜便宜，会和我聊起哪一种面条鲜的佐料很不错。也会告诉我最近又吃了一些中药，或者哪一天把一些钱放在哪儿，后来又找不到了。

我听着父亲的唠叨，把菜弄好。

炒菜的时候，父亲怕呛到我，起身打开排气扇。

当我把一盘盘菜肴端上餐桌，我们叫上侄儿，晚餐开始啦！

我们打开一瓶苹果汁，每一个人端一杯，彼此祝贺。侄儿的嘴巴很甜，祝福的话很中听。

在孙儿的祝福词里，父亲的脸上有了久违的笑意。只有在这种温馨的时刻，他才会忘记自己的高血压，忘记自己新长的老年斑，忘记自己把零钱放错地方……

所以有时候我在想，我们姊妹没有来看他的时候，他是很盼望着这种时刻的……因为他每次都会在楼道里等我们，都会在餐桌上露出那些笑容。

人生的舞台，都有粉墨登场的时候。或许只有在亲情面前，在年迈的父母面前，我们才会有这种坦然和充实。

因为我们都想成为孝顺的孩子，陪伴是送给父母最好的礼物……

父亲的背包

父亲是共和国的同龄人，是一位普通的中学语文教师。退休后的这些年，他成为陪读大军里的一员，居住在银城，陪侄儿在益阳师范就读。

记忆中，父亲总是背着口袋。

也许你想象得出，一位身材高大、面目慈祥的退休老师，拿着公文包，很体面的样子，穿梭在银城的菜市场、公交站……可是现实却是这样，身高一米八二的父亲，比乡下的那些老奶奶还要细心，背着的口袋经常是一个蛇皮袋子……

我常常听母亲讲，年轻时的父亲是个帅小伙。那个时候，父亲总是背着一个印着"为人民服务"字样的黄色书包。母亲生下我的时候，父亲高兴得忘乎所以，去镇上买红糖，以至于把那宝贝书包弄丢了。那样的书包当年是很流行的，父亲虽然有点不开心，但有了我，不久也就忘记了。母亲知道父亲的心思，过年的时候，又给父亲买了一个。母亲在后来的日子里总是嘲笑父亲，有了女儿，家什也不要了，又说对子女太柔和，在子女面前没有脾气。

其实父亲是很有个性的男子汉，父亲在自家的兄弟姐妹中是老大，自小就吃苦耐劳。参加工作成家后，更是把全身心放在我们身上。我们又是三姊妹，粮食总是匮乏。所以，小时候不管是在家里吃饭还是在外面做客，饭桌上的好吃的菜父亲都没有夹过。他只要填饱肚子，好吃的要留给弟弟妹妹，要留给自己年幼的孩子。从学校回到家里，父亲总是不停地劳动，想方设法填饱我们的肚子。在农村实行联产承包责任制以后，我们家也分到了田地，父亲下班后的时间就是去田里劳作，经常背着一个袋子，只是把黄书包换成了蛇皮袋。

黄昏时，他背着袋子捡棉花。星期天，他背着一袋子肥料给棉田施肥。有时候，他还会到镇上给我们背回很多好吃的东西。在过去农村交通不便的日子里，父亲的口袋就是他运输物质的工具，他把口袋放在肩上，口袋就是一家人生活的希望。

在学校上班的时候，父亲又变了一个人。他穿着妈妈给他做的中山装，在讲台前滔滔不绝。父亲的粉笔字写得非常好，经常在学校上公开课。作为老班主任，对学生做工作很有一套自己的办法。他的学生中有两个考上清华大学，还有成为亿万富豪的，这些学生对父亲都非常敬重。

在我成家之后，父亲的口袋改变了内容。因为我和父亲成了同事，所以我的小家庭是很少上街买菜的。妈妈种的蔬菜水灵灵的，家里还有鱼塘。即使买猪肉，妈妈也会帮我准备好。我在农村中学与父亲做同事的那段时间，父亲的口袋成了每天上班的必需品。这口袋承担着父爱，承担着我们小家庭的油盐柴米的输送。

我进城的时候，孩子都十岁了。我心想，父亲的口袋该歇歇了。可是，在双休日，或者节假日的时候，父亲就来到了我家。

这时候的口袋是一个变成两个，当我看见父亲担着一担菜蔬和大米从一楼爬上四楼，我的眼睛湿润了。平日里，我并不是过分节约的人。可是父亲为了让我们一家吃上无公害的大米，吃上无污染的蔬菜，总是利用双休日的时间，源源不断地送东西。父亲的口袋填饱了我们的肚子，也鞭策我们一家人奋发。爱的力量很强大，在这个钢筋水泥建筑起来的现代化城市里，父爱是慈祥的灯搭，照亮我们前行的路。

很多年以后，孩子上了大学，我们的工作更忙碌，在家吃饭的次数减少。这个时候，对我们来说，拒绝父亲的送菜成了一件不容易的事。

每次父亲从乡下回到城里，都要给我们送菜。我总是跟他说我们经常不在家里吃饭，就不用麻烦了。可是父亲还是执意送来，说能吃一些就是一些，要不就送给邻居吧！

就在前几天，我在街上偶遇父亲。只见父亲吃力地背着一个蛇皮袋子，头发花白，每走一步都很艰难，大汗淋漓的样子。看到我的时候，父亲放下了口袋，喘着粗气。我要他坐的士，可他就是不答应。在繁华的街道上，父亲背着口袋走在前面，我跟在后面……城市的高楼林立，美眉们穿着靓丽的衣裳闪亮登场，叫嚷的商贩热闹非凡……只有父亲的口袋，是属于我一个人的精神食粮。纯朴的父爱滋养我的身体，让我在前行的路上有了力量。

父亲背着口袋，背负起生活的责任，从帅气的小伙背到白发苍苍的老人，从健康的身体背到老态龙钟的模样，从春夏秋冬背到来日方长……

或许，我们这一辈人会改变爱孩子的方式，用更多的激励办法鼓励孩子去寻找美好的明天。让他们学会独立，学会感恩，学会寻找怒放生命的春天……生命的传承是多么美好的事情，爱的种子萌芽后，会有许多意想不到的奇迹。

或许，若干年以后，我也会背起父亲的背包，去另一个城市赠予孩子关爱。

或许，我的孩子也会看到我背着的背包，在某一黄昏的时候，生出许多莫名的感动！

我想人生就是生命和亲情的传递，从祖父辈到我们这一代，爷爷已经离开我们，父亲也慢慢老去，但是他们留给我们的好的传统在我们的血液里流淌。我要将父亲袋子里的生活秘密，告诉我的孩子，让她在生活中也准备一个盛满勤奋、善良、亲情的袋子，去创造更美好的生活。

牵手是爱，放手也是爱

跟你离别在 31 路公交上，我坐车继续前行，你下车去换乘另一辆公交。孩子，当你下车后，我忽然发现你已经消失在我的视线范围。只是本能的换到前面的座位，推开窗往后看。我看到你背着红色的背包，淹没在摩肩接踵的人海……

这次见面是你大学快毕业了，想安静地写完毕业论文，回家待几天。

为了迎接孩子的归来，你爸爸做了很多的准备。早晨给你做蒿子粑粑，中午是鱼火锅，晚上清淡一点，都是一些新鲜的菜蔬。吃得够丰富了，闲下来的时候，你爸爸还会读你的论文，给你提出一些建议。妈妈这几天加班很多，能够做的是帮你买点喜欢吃的零食。看着你笑呵呵地吃零食，看着你对着镜子整理衣裳，看着你认真地写论文……我们都觉得，生活真幸福。

记得三岁的时候，你喜欢穿着雨鞋去踩水，我跟在你身后，看你把操场里的水踩得水花溅起，你开心的模样还烙在我的脑海里。

记得你五岁的时候，我们的邻居是四位刚分到学校工作的大学生，你帮这些叔叔们画女朋友，英语老师的女朋友是洋妞，语文老师的女朋友是古典美女。你那些鬼点子，惹得那些叔叔哈哈大笑。

读小学二年级时，你就不要我们送你到学校了。你沿着那条两旁长满樟树的公路，一边跌着小石头，很慢很慢地走到学校去上学。后来回家告诉我，你看到了樟树丛下面飞舞的蜻蜓，你只是看了看，没有去追，因为妈妈说了，是不能在公路上追赶的。

八九岁的时候，妈妈调到一所新学校上班。我们一家三口把行李搬到车上，又从车上搬下来。你没有在旁边玩耍，而是像一个小大人一样，背起东西，帮妈妈运送，你那种认真卖力的样子至今还留在我的记忆里。

初中三年，你喜欢上了公交车。你从城市的西边坐到城市的东边，你跟我说你喜欢坐在公交车上听小贩的叫卖，听报站的声音……还有一个秘密是你不知道的，我无意中看到你的作文，你在文章中写道："爸爸每天送我到公交站坐车，我坐在自行车的后座上，看到了爸爸的白头发……"后来我读给你爸爸听，他露出了不易察觉的笑。

高中三年，你住在家里，轻松地读了两年半。到了高三的第二学期，我记得那年春节在外婆家住了一天，你就对爸爸说，让妈妈留在外婆家陪着外婆，爸爸回家陪你学习。高三的第二学期，你没有一天不是在十二点以后睡下的。你努力的每一天，都是我们快乐而又焦虑的一天，又希望你考上好的大学，又担心你的身体吃不消。可是，我们的担心只是多余的，你终于以全校文科第四的成绩考上大学。

虽然后来你见识广了，觉得自己再努力一点，可以考更好的大学。但是做父母的，看到你这么努力，已经很满意了。

我只是记得高考结束的那天，很多学生都在外面 KTV 放松，你却一个人留在家里，在网上查找高考答案，清理资料，打算如果没有考好还要复读。后来，你核对的成绩和真实成绩只相差两分。

所有的记忆都是幸福的……我是一个不太懂得人情世故的母亲，却生下了一个很懂事的孩子；我是一个容易感情用事的母亲，却有一个遇事冷静有责任感的孩子……虽然我喜欢文学，喜欢写一些散文，可是孩子随便写一篇游记，就会让我觉得文笔超出我好远。我是一个不找成就感随遇而安的母亲，可是孩子大学还没有毕业，实习期就走过了中国很多省份。

亲爱的孩子，我也想从人海里把你找出来，想把你留在我身边，想看你淡淡的笑容，想听你弹一曲钢琴曲《赛马》……可是，我不能做自私的母亲，你有你的天空，你要去远方寻找未来，去吃苦，去体会人情冷暖，去成为一个社会人，完成你肩负的各种责任。

小的时候，我常常牵着你的手下楼，你的小手给了我热爱人生的温度。现在你长大了，妈妈放开你的手，让你尽情地飞翔……也许会有迷雾，你要有等待云开雾散的耐心；也许会有艰辛，你要有战胜困难挑战自己的勇气。我们的爱很平凡，也很专注，爸爸和妈妈在你的后方，燃起爱的灯塔，让你很安心地寻找未来。

愿我的孩儿，在你离开的脚步声里，唱着声声平安的福音；在你归来的脚步声里，唱着声声平安的快乐。只要你成了对社会有用的人，就能给我们带来开心快乐！

悼亡母

你是我的婆婆，更是我的慈母！提笔成文，寄托哀思，愿婆母在天国安康！

病危九个月的时间，您无数次与死神擦肩而过，氧气管、心电图管、输液管，各种管子插在你身上，我们看着你痛苦的样子心里难受，你却慈祥地望着我们，还惦记着我们吃饭没有，穿暖衣裳没有……

记得我第一次去你们家过年，婆母总是去小卖部买零食给我吃，在那样的下雪天，一天都要跑好几回……

记得我生孩子的那一年，孩儿还没有出生，婆母就离开自己的家到我的小家照顾我，一直帮我把孩子带到可以上幼儿园。我们朝夕相处的四五年，婆母对我疼爱有加，只要我们夫妻有些小矛盾，婆母总是批评儿子。等先生走开，又规劝我脾气要小一点。

当我暑假去家访的时候，只要通电话，婆母都会对我关怀备至，怕我在外面吃苦受累。

当家里的小菜园长势很好的时候，也会提着满满一篮子菜送过来。菜篮子好重，以至于汗水湿透婆母的后背，让您气喘吁吁上楼。

亲爱的婆母，当我觉得工作压力和生活压力一起来的时候，只要到了您的身边，都会体会到轻松一刻。因为婆母的真切的疼爱让我有了战胜困难的勇气和力量。

曾几何时，我们都会想象自己面对死亡的状态。当生离死别来到我们身边，那种撕心裂肺、那种痛不欲生一起涌来，我悲伤得不能自已。我的眼泪落在地上，祭奠慈祥的婆母；我的眼泪咽进肚里，还要继续我们美好的人生。

我的天真随着婆母的离开慢慢减少，我开始懂得要好好地珍惜这美好的时光，懂得珍惜围绕在我身边的每一个关心我的人。

亲爱的婆母，家人让你安息在山畔。青山绿水掩映，人间美好依旧，愿您的来世更吉祥。

只是这美好的人世间，少了一个疼爱和包容我的慈祥老人家。只是在滴答滴答的时间河流中，拥有一种无法休止的哀伤。

虽然您是平凡的母亲，却恩赐给儿女厚爱。

虽然您是慈祥的长者，却无法跟我们一起生活更长的时间。

亲爱的婆母，原谅我的粗心，在您生前没有更好地照顾您！

亲爱的婆母，原谅我的不懂事，因为忆起你说的那些话觉得很在理！

愿家人的团结和谐带给您福音，愿您在天国福佑儿孙！

愿世间所有爱都能更好地轮回！

陪护曹阿姨

没有谁想往医院跑，想在医院里和别人唠嗑，除了我这样的"大傻瓜"。

可是，为了和曹阿姨唠嗑，我还是喜欢到医院这边来。因为在婆婆住院的这一段时间里，曹阿姨是最能带给我正能量的长辈。

她是婆婆病房里邻床的陪护。第一次见到曹阿姨，还以为她是病友曾奶奶的女儿。曹阿姨戴着眼镜，走路都蹑手蹑脚地样子，生怕惊扰了别人。

再看曾奶奶，这位八十岁高龄的老人家在病床上张着嘴，旁人感受不到她的呼吸，鼻子里插着管子，这位老人家已经不能吞咽食品，只能靠流质食物维持生命。

曹阿姨用榨汁机榨好食物，走到病床前，轻轻地唤一声曾奶奶，说："要吃饭啦！"曾奶奶除了视线换了一个角度，一动也不动地躺在床上吃饭！只见曹阿姨一边慢慢倒流质食物，一边轻拍曾奶奶，对一个气若游丝的老人，曹阿姨护理得如此用心。作为一个旁观者，我不由得心生敬意。

给曾奶奶喂流质食物时，她微笑着；给曾奶奶擦身子时，她微笑着；给曾奶奶按摩时，她微笑着。曹阿姨的微笑是病房里的阳光，带给所有病人和陪护更多的美好希望。

曹阿姨对自己的生活一点也不马虎，她用电饭煲炖骨头汤，煮上新鲜蔬菜。曹阿姨穿戴也很整齐，看上去很干净的样子，她也很勤劳，只要有空闲的时间，就在病房里打扫卫生，洗抹生活用品。

曹阿姨不是普通的陪护，她是会生活的生活家！所以，当我坐在婆婆的病床旁，看着曹阿姨忙着这些琐事的时候，就喜欢和她唠嗑。

后来我陆续知道了曹阿姨的身世，虽然来自农村，可是早些年家里经济条件还不错。自从丈夫开上大货车，就经常在外面跑，染上了赌博的恶习。家里的经济条件越来越差，为了四个子女的成家立业，曹阿姨咬紧牙关，一边省吃俭用，一边到处借债，四个子女都已经成家立业。十多年的时间里，家里欠下了近十万元债。

于是在十年前，当过村妇女主任的曹阿姨报名参加陪护大军的培训。这个岗位一干就是十年，曹阿姨还清了债，还存下了一些钱。当曹阿姨和我唠嗑的时候，说起这些往事，都是很平静的样子。对生活的艰辛没有怨言，对陪护的劳累没有怨言。她的生活态度，她的乐观和善，带给身边人更多的正能量。

生活是公正的，当我们对她笑的时候，我们会在迷雾散去后看到阳光。年过花甲的曹阿姨，是能够战胜苦难敢于担当的人。她的坚韧，她的慈祥，她的坦荡，都让我们看到人性的光辉。

所以才会有我这样的"傻瓜"，喜欢去医院，静静地看曹阿姨做事，听她唠嗑。曹阿姨平凡的人生，带给我们内心的震撼。

我的母亲

母亲是共和国的同龄人，是一位朴实的农村劳动妇女，也是过去乡里闻名的裁缝。农闲的时候，帮乡民做衣裳，农忙的时候，就下地劳动。

记忆中，母亲是一个特别勤劳的人。在妈妈身边的每一天，都习惯了她天蒙蒙亮就起床。

八岁时，母亲教我做饭，十岁左右开始，母亲教我下田做农活。每到夏天"双抢"的时候，妈妈天刚亮就下地割稻谷去了，要我在家里做早饭。等我们吃完早饭去庄稼地，地里已经割下差不多半亩田的谷穗。

家里有七八亩田，爸爸的脚底夏天就泡在庄稼地，经常生"虫子眼"，走路都很痛苦。妈妈带着我和妹妹，收完稻谷就插秧。有时为了把秧全部插完，月亮都照在田间了，我们还在田里，一条条水蛭叮我们的腿，吸血吸得肚子滚圆，粘不住才"摔"下去。

忙完自家插种，妈妈会带我们支援左邻右舍，特别是那些家里有病人的家庭。妈妈说，人的力气是用不完的，今天做得累了，好好休息一晚上，明天就有力气再做。

妈妈的勤劳给了我们一生的财富，当我们成年后，有时候会有大量的工作要做。想起妈妈在我们小时候说的话，就会觉得压力小了很多。

妈妈不仅很勤劳，也很善良。小时候，家里做什么好吃的，妈妈都要我们先送一份给奶奶。如果是"双抢"过后做粑粑，妈妈会磨一担米浆，然后煎很多粑粑，要我们去送给五爷爷，要我们去送给舅奶奶。我们把腿都走酸了，心里都乐滋滋的。

村上有一个九十多岁的老奶奶，无儿无女，住在村口一个破洞里。那个时候物资匮乏，老奶奶经常没有饭吃，她会经常走到我们家门口的大堤上，叫我妈妈的名字，妈妈总会从家里拿点吃的给她。老奶奶的衣裳破烂，脸一年四季都是黑的，所以想讨一些东西吃的时候，都不会进别人家的门，村里那些人会施舍一点东西给她。

妈妈虽然是共和国的同龄人，身体还是非常硬朗。六年前爷爷病危，在床上躺了三个月，乡里乡亲来探望爷爷的人非常多。有时候，一天做十次饭是很正常的事，有些老人家走了两三里路来看爷爷，虽然错过了吃饭的时间，但妈妈还是要做饭给他们吃的。

在爷爷离开我们的最后一段时间里，都是姑姑和妈妈守护着他。爸爸身体不太好，常年生病吃药，所以妈妈和姑姑在爷爷的病床旁开了一个床铺。爷爷不停地呻吟，如果听不到呻吟的声音，妈妈就会惊醒，就会叫爷爷，因为妈妈怕爷爷就这样离开我们。

三个多月下来，妈妈累坏了，毕竟也是年过花甲、年轻时又过多劳累的人。我们回家后，看到妈妈的腰就直不起来，走路都好像不稳当的样子。从那以后，妈妈的腰就再没有直过，严重的腰椎间盘突出将伴随她的晚年。爷爷过世后的正月，叔叔拿了一个红包给妈妈拜年，说嫂子辛苦了。我看见叔叔说话的时候眼睛里的湿润的样子，一半是舍不得爷爷，一半是对妈妈的辛苦非常感激。

妈妈是共和国的同龄人，上过高小。外婆是地主家的女儿，读过私塾，所以希望子女多读书。可是妈妈家里七个兄弟姐妹，外公身体很不好，妈妈读完高小就下地劳动。妈妈读书时成绩很好，也很会唱歌，小时候妈妈教我们唱《红梅赞》，我在读小学时曾凭着这首歌得过歌唱比赛的奖。

妈妈是一个普通的劳动妇女，小时候我们穿的衣裳都是妈妈做的。在物资匮乏的年代，我们姐弟没有挨过饿和冻，这都要深深地感恩父母。她的勤劳朴素，她的善良无私，带给我们一生宝贵的精神财富。

　　母亲现在年过七旬，终日在家劳作。种了满园菜蔬，戴上老花镜给别人修补衣服拉链。虽然每天都驼着背，但终日都笑呵呵的。

　　我的母亲是一位平凡朴实的劳动妇女，她的勤劳与朴实是我们学习的榜样。

捡棉花

在这个雨意渐凉的秋天，行走在城市的广场，看落叶飘飞。心里难免想起从前……

三十多年前，爸爸还是一个帅气的青年，在一所中学教语文。妈妈在家里种田，有几年棉花的价格很不错，家里就种了一亩棉田。

棉苗从栽种到结出棉桃，再到捡棉花的季节，需要半年的时间。记得小时候，妈妈总是在棉田里除草。草在棉田里长得欢，这边的草刚除完，另一边就长出来了。有时候放学回家，很晚了妈妈都没有回家吃饭，我就打着手电筒去找妈妈。其实在去棉田的路上，我心里有些害怕，因为田垄的中间，有几座坟头。听过爷爷讲鬼故事，晚上经过那些坟头的时候，腿软软的。我一害怕，就大声地喊妈妈，妈妈听到我的呼唤，就会从棉田出来回应，然后我们母女相逢在乡间小道上，我也不再害怕。只是心里在怨恨，这些讨厌的小草，总是这么疯长，让妈妈如此忙碌。

弟弟出生后，妈妈经常要留在家里照顾弟弟。到秋天的时候，棉田里一片洁白，棉花开了。放学后，我经常跟着爸爸一起去捡棉花。

半年的辛苦，终于迎来了收获。你看，这田野变成一个白色的世界。棉苗已经长高，每一棵棉树都在欢庆这丰收的秋。

一开始我是不会捡棉花的，我学着爸爸的样子，把一个绿色的口袋挂在胸前。我行走在两排棉树的中间，飞快地从枝头捡走棉花。说真心话，我的速度比爸爸要快，爸爸从另一边捡起，也会过来看我捡的棉花。

　　爸爸看了我已经捡到半框的棉花，很欣慰。再抬头一看，我所捡过的棉田，棉花并没有拾掇干净，每一棵棉树上，总会残留一些白色的棉絮。

　　爸爸的脸沉下来，可是语速依然很缓慢，对我说："你要把每一朵棉花拾掇干净，要不过几天下雨了，这些剩下的棉花就变黑，就没有用处了。"我听了爸爸的话，惭愧地低下头。因为我清楚地知道，妈妈为这块棉田，付出了多少天的劳动……

　　有时候我们很晚来棉田，回家的时候月影朦胧，爸爸就会在回家的路上让我猜字谜。

　　东南西北路滔滔

　　八个将军配把刀

　　一子一女非常好

　　猜不出的十分好笑

　　我想了很久，想不出来。爸爸又说，在他说的字谜里找找。我再思索，恍然大悟，这个谜底不就是"十分好笑"吗？

　　爸爸说，你还不是一个傻闺女。

　　就这样说说笑笑，我们回到了家里，路上青蛙呱呱叫着，小溪流水潺潺……

　　如今，我已人到中年，想起爸爸说的字谜，想起那些捡棉花的日子。在这个城市的秋天，流连在街头的时候，竟然有一股暖流传遍全身。

　　那些小时候清苦的日子，其实是充满欢乐的。童年的回忆里，有劳动的欢乐，是幸福的回忆。

　　而父亲，退休在家里，过着田园生活。他和妈妈一起，守着电话的一头，听我们汇报自己的生活。

写生纪实

走进徽州　放飞梦想

——益阳职院 14 级环艺班写生之旅

2015 年 4 月 24 日

风景如画的江西婺源基地，我们来了。下了高速，行车道越来越窄，左边是山崖，右边是溪流。坐车的学生发出尖叫声，司机却镇定自若，说每个月要走这道二十几次，真让人刮目相看。起伏的山峦，清可见底的小溪，在落日余晖里静候我们的到来。而在饭店大厅上课的先行者给我们学生带来了震撼。学生非常认真，老师非常专注，虽说声音不大，也不是规范的教学场地，可旁人能感受到他们师生的素养。纸上得来终觉浅，我们走出校园，看看外面的世界，不知不觉中提高自己的品位，让自己的思想紧跟着时代潮流。这里目前云集来自全国各高校的三千余名学生，接待我们的余总带领七十多人的团队热情地为我们服务。据说隔两天还有几批学生过来。来自五湖四海的师生，走进大山深处，领略大自然的神奇。书画山川的华彩，把现代文明留在心里，把原始风景融入心底，我们年轻，我们热血沸腾，我们向往自然，我们渴望升华。在大自然的怀抱里，享受着最原始迷人的陶冶，将会让真善美永存心底，用自己的画笔向世人书画不朽的作品。

2015 年 4 月 25 日

这是一组变化的画面，蓝天白云，起伏的山峦，晴好的阳光。农家竹篱，犁田水牛，原始的山寨。清可见底的小河，停靠码头的竹筏，胸前背小孩儿的村姑，有百年历史的老屋。结伴成群的外来游客，南腔北调的谈话声，小巷飘香的米酒味儿。仿佛世外桃源，令人忘却昨日的舟车劳顿。干净的美、简洁的美、自

然的美让人心旷神怡。石板桥下的山泉汇成小瀑布，水花飘扬，那是山和水齐唱的欢歌。真想让时间停留，在树荫下惬意沉睡，回头看写生的画板上更是美不胜收。人活着在走近自然时，意味着走近了更高层次的精神享受，探究生命的意义和追求艺术的境界共鸣，是一种怡养性情的生活方式。

2015 年 4 月 26 日

晨风，若有若无的雨丝，乡间小路，美丽清新的村庄，背靠着高耸入云的山峦。独行，步履轻盈，跃入眼帘的竟是这水花轻溅的小瀑布。听泉的禅意瞬间诞生，闭目养神，鸟鸣，风起，水声如歌浸润心房。席地而坐，任杨柳

轻抚，任细雨纷飞，任花香扑鼻。忍不住再睁眼看那清洌的泉，看大小均匀的水柱，看小鱼儿在泉下游戏，看鹅卵石在泉底干净光滑。仿佛世界的钟摆停了下来，只有泉在歌咏。这醉人的泉，清澈的泉，动感的泉，朴素的泉，流淌在生命的泉里，为生命注入新的活力。

2015 年 4 月 28 日

天气晴好，撑伞漫步在石板路上，虽说夏日正在炙烤春的尾巴，还是有部分金黄的油菜花盛开在路边，空气里弥漫着芳香的气味。随意找一处大樟树，靠着树干坐下，旁逸斜出的枝干是撑开的大伞，村

口的石拱桥是展现在眼前的古老杰作。在江西的农村，更多人喜欢群居的方式。这座石拱桥是村庄与外界联系的纽带。桥面平整宽阔，两边有石栏。桥底有两个桥墩，桥下有三个月牙形桥拱。桥两边有担任卫士的并排的几棵樟树，远山是桥的天然背景。晨雾还未散尽，飘来荡去的雾气吐露诗意的灵动，给整个村庄带来了朦胧的神秘感。偶尔有三两人走过桥头，增添了桥的活力。桥下潺潺流淌的小河清可见底，遇到成堆的鹅卵石，河水改了行程，水面出现旋涡，在阳光照耀下，波光粼粼。真想俯身去饮几捧山泉，把这原始的质朴的大自然灵性镌刻在生命里。城市的喧闹助长了人类的物欲，当我们回归自然，流连忘返于山水之间，会拥有更多的美好时光。村口的石拱桥啊，你见证着村庄的变迁，迎来美好的时代。在爱美的人们心中，你简单朴素，成独特风景，情牵南来北往游客的梦。

2015 年 4 月 29 日

流水潺潺小溪边，垂卧着一棵樟树。树枝盘根错节，树冠如碧绿的华盖。每一个枝条伸出成独立的体系，如长篇小说中那些分开的章节，摇曳着不同的美感。整个树枝都在力争下垂，她们是渴望亲吻底下的清泉，看似枯竭的枝干

支撑起每一片枝头的碧绿，在阳光下闪耀着春的气息，齐整而又飘逸。樟树最顶端有两簇鸟窝般大小的叶片重叠，高昂着展开树的尊严。树前面有一座简单的木桥，连接河的两岸。桥边的铁锁诉说着桥过去的岁

月，有恐高症的人肯定怕走过桥的。五月的风轻扬，河水流淌的声音是天然的伴奏，靠在桥头八角亭的栏杆上，仿佛眼前的景色是画里的阴晴。远方的山峦静默，浓墨重彩的颜色在天边画下一道道弧形，山顶的白云是一面镜子，收揽着人间所有美景。写生的美术大师忘记了时间，用心灵在描摹这自然的灵性。一群鸭子漂浮在河中，如风吹着的大片树叶任意西东，给静谧的画面增添了活力。还有什么语言能表达此刻的惬意，只能醉倒在这人间仙境里。

2015 年 4 月 30 日

沱江边早晨的浣洗是一道风景。三两人群来到河边码头上，沱江成了天然的洗衣房。她们只带了衣裳和肥皂，差不多一个小时就蹲在那里，她们搓啊搓啊，把对生活的热爱、对家人的疼爱都揉进每一次摆弄里。年长的大妈和年轻的姑娘拉着家常。洗完一件就把它挂在后面的栏杆上，河水在她们的洗涤中荡漾圈圈涟漪，变幻着水中的倒影。时光对她们来说

如同眼前的河水，有条不紊地向远方流淌。她们也不着急去哪儿追逐什么，如同这僻静的村庄不理会外界的喧嚣。早晨八点左右，阳光明媚，头顶的樟树给了整片的浓荫。偶尔还会有人用洗衣棒捶着厚厚的衣裳，那有节奏的响声是愉快的劳动者之歌。几个娃娃躲在年轻的母亲身后玩耍，不如意时还会大声哭闹。河边的房屋都是白墙灰瓦，每座房屋后有个木篱笆围起来的小菜园。小镇的人们还在这传统和现代的生活模式里过日子，这得天独厚的生存环境赐予他们更多幸福。简单的生活模式会给过往的游客带来更多的感触，人生其实不需要那么复杂。

2015 年 5 月 1 日

景德镇以一场空前的大雨欢迎我们。这满街的瓷器让人爱不释手，真想带几大件回家，可辗转的旅程只能让我无奈放弃。那橱窗里奔腾的马，开口便笑的弥勒佛，莲花宝座上的观音菩萨，飞天的嫦娥，怒吼的老虎，飞黄腾达的雕饰，王母祝寿的仙桃，摇蒲扇的济公，张着耳朵的大象，回眸看的仙鹤，怀抱幼童的送子观音，静坐江边的姜太公，带花边的小碟，各式各样的小饰物。这何止是瓷器世界，简直是中华传统文化的大观园。景德镇的工匠做

好了瓷器，中华优秀的传统文化也随这一件件瓷器传播到大江南北。静坐瓷器店一个多小时，看到了老板几十桩交易。老板很像我们读高中时的语文老师，也不极力推荐自己的产品，还抽空向我讲述了几件瓷器的深刻寓意。虽然不方便把喜爱的瓷器运回家里，可我把它们刻在脑海，记在心里，感觉也颇有收获。雨竟在这会儿停了，天放晴，有了东边日出西边雨的诗意。多么感谢上苍的厚爱，愿好的际遇降临给世上更多善良的人。

夕阳西下，坐在回沱川的车上。看青山连着青山一晃而过，小溪唱着欢歌。十八弯的山路，走了一程又一程。瓷器城景德镇，和你相处那样短暂，那青花白瓷的器皿在脑海里留下深深烙印。当那些风华正茂的大学生开辟自己的基地，让传统的瓷器工业渗透现代社会生活的人文理念，当他们大汗淋漓地挥洒自己的青春，把对生活的美好希冀融入作品制作的理念里，当祖国各地的人们用上这些雅致的工业品，更多的中国人会拥抱这个美好时代的中国梦。落日余晖，几朵白云飘浮山顶。依然是白瓦灰墙房舍，依然是古朴的乡村。那山中存活千年的老树，是否也感应到这美好时代的召唤长出了新的枝叶。南来北往的旅客，也许都拥有平凡普通的人生，在民风淳朴的山西村寨，拥有了此刻的生活激情。读万卷书不如行万里路，丰富多彩的生活经历会真实地让你懂得珍惜无悔的人生。

2015 年 5 月 2 日

静坐在这花香扑鼻的农家小院，卷帘看窗前的月季。花香时时袭来，伴随远方的涧流阵阵，鸟雀声声。偶尔有人进入，受惊的鸟儿更是远去飞翔，叽叽喳喳的声音还留在窗口。善良的主人好意地把这开窗闻香的房间留给我，让这独处的午后平添了几分幸福。这一大簇的月季花就这样得天独厚地美在我眼前。红的像火，洋溢生命的热情；粉的似雪，纯洁人格的魅力。七八根绿枝条向着阳光伸展，无数的绿叶簇拥在花底下。花开漩涡状一簇簇，红色的、粉色的搭配得天衣无缝。美丽芬芳的花儿在这晴朗的午后欢乐地开放，一丝的微风，花丛中有几簇低头颤动，似害羞的妙龄少女在脸红，一瞬间收敛自己的满腹心事。整个花簇弯弯，呈天然拱形，恰好装饰这农家小院的迎宾门楼。窗对面的瓦屋顶已铺满了一角的月季花，整齐的屋瓦成了花海的背景，远方的山峦又成了屋的背景，天边的白云成了青山的背景，一起凑齐了中国最美乡村的画卷。人在画中，美在心中，用世上最贵重的黄金，也换不来这半日的闲暇。生活需要什么，生命呼唤什么，在功名利禄下的世态炎凉，在滚滚红尘中的随波逐流，在恩怨情仇中的难舍难分，在是是非非中的糊涂清醒，怎比得上这窗前的一抹香，比得上这庭院的一片花海。潺潺溪流声从未停止，涤尽铅华，流向远方。

2015 年 5 月 3 日

皖南的小桥流水人家，在晨风中真实地接纳远方的旅客。青石路旁的青苔丛中，长出一株野菊花。周围的细草丛众星拱月般簇拥，一起倾听小桥下的潺潺流水声。那下桥的台阶，

悬空在溪水上面，桥底的石缝里，涌出一股清泉，两三块溪水中的石头，分割着水流，水声在此处格外叮咚。迎面走过的老太太，抱一个木制的洗脸盆，在阳光下步履蹒跚。桥边的大石罐里，盛满溪水，漂浮着片片小绿叶。竖立的两根竹竿，是农家准备晾衣裳的什物。竹竿中间的石桌上，摆了几条黄瓜，这会儿勤劳的大嫂正切着，看样子是做成早餐的凉拌。桥头撑一把大伞，下面写着阿姨、奶茶、酒。五一假期已结束，石板路上来来往往的帅哥美眉，大都是来自全国各地美术学院的学生，他们的到来增添了农家欢乐的气氛。桥两边的房屋，屋顶有层次感，不同于江南水乡。屋檐下雕花的窗户，让这农家的房舍有些古典的韵味。悠长的石板路，淙淙的流水，一个人的世界，也可以是送了一程又程的离别，世上的聚散，如同生老病死，不可抗拒。

这片农家土地，把树都当作屋后的背景，家门口只有三尺见方的石坪，逼迫石缝中到处都长出了野草。流水人家的尽头，是否还是流水人家，等会儿怎么让人找到家？千篇一律中还渴望着千变万化，建筑学家梁思成在半个世纪前就提出来了。晨风吹拂，空气如此清新，这窄的进不了机动车辆的地方让游客感觉静谧和雅致，让人流连忘返。几个美眉在嘀咕，将来可否嫁给这里。用布背小孩的女人回转身的笑容里，蕴含生活的全部快乐含义。小桥流水人家，走

过一座桥又一座桥，连接着每一段生命的意境。

2015 年 5 月 4 日

潺潺溪水一路欢歌，把游客带到了村口。溪流变宽，夹道的垂柳轻拂，在暖阳下羞涩地欢迎你。那古老的水车，青绿色的稻田装点皖南农村的风貌，在远山的陪伴下富足这村庄。依旧是光滑齐整的石板路，依旧是叮叮咚咚的流水声，八角楼前，清香扑鼻的荷花池在静候你的到来。满池的荷叶，叶片并不大，如同慕名来

写生的青涩学子，小荷才露尖尖角。这椭圆形的荷花池一眼可以望到底，那清脆的黄鹂声，那扑通的水鸟凌翅声，那晶莹透红的金鱼戏水声，点点滴滴纷扰荷花池的静谧。池中的长廊呈"之"字形，曲曲折折，绛红色长廊雅致地穿过荷池中央，那在水一方的佳人正撑伞走过长廊尽头，秀美的背影是风景中的风景。飘拂的垂柳亲吻池边绿水，那一棵棵柳树身姿纤细，在树的枝蔓处更加弱不禁风，仿佛在增添荷花池别样的魅力。垂柳并没有抱住整个池塘，还有颇长的一边留给了阳光。木制的护栏在阳光下静默，守护这荷塘的清香。浮出水面的荷叶，高高低低，有的卷起如怀抱中熟睡的婴儿，有的舒展有的折叠如舞女的裙子。浮在水面的荷叶叶面更小一些，她们舒服地躺在水面上，也不着急生长，那是可以沉睡千年的莲子前生的梦境。这满池的清香，这安详的村庄，这

远山的墨绿一起融入生命的呼唤，温暖一程又一程旅行的疲累，温暖一夜又一夜离家的思念，温暖一次又一次伤感的别离。

2015 年 5 月 5 日

小溪的上游还是小溪，村庄的尽头又是村庄。清澈甘甜的溪水流过村子里的小桥，流过两岸无名的野花，流过长绿的果园，流过两旁的农田。那日夜不停歇的欢歌唱出了村庄日新月异的面貌，让外来的游客感受到了静谧和文明。远处两棵三层楼那么高的桑树，肩并肩站在那里，游人没有听懂他们彼此寒暄的言语，只能感受到他们互相呼应的气息。离树底一米左右就长出分枝，绿叶满枝头，翻滚的叶片在阳光下变幻着颜色，似乎在礼貌地欢迎远方的来客。再远一些的公路旁，一簇簇金银花肆意开放，香味儿浓郁，黄色的白色的花儿相间在绿叶之中，让人感觉呼吸之间沁人心脾，深入肺腑的都是自然的香味。公路旁的稻田里，全是结籽的油菜梗，有的平躺，有的斜卧，有的簇拥，它们用不同的姿态来庆贺春夏之交的收成。

在巍峨大山的映衬下，远观房舍如鸽笼。穿过羊肠小道，才感受到农家小院的别致。两层的楼房并不是突兀地站立，背后的高山作为背景还是远了一些，那屋后的大树显得更有韵味，虽然树高高低低，总会有几棵高过屋顶的大树点缀着屋顶的美观，房舍前码一堆从山中砍伐的木头，门楼和房屋中间是天井，摇水的老井吱吱地压出水来，农家的大嫂把整个院子打扫得一尘不染。离视线最远的是耸入云霄的山峦，因为深深陶醉在村庄的静谧里，此刻才有了拥抱山峰的冲动，身边的小鸟雀跃，似乎在催促登山的行程。山顶上云朵，自由自在地飘过。文学大师鲁迅说他的最爱在高山，也许只有身临其境后才能真切地感受话语的含义。屹立千年的大山，她的风骨已经是无与伦比的格调，她的秀美已经是无法追随的步伐，她的壮丽已经是无法歌唱的传奇。那悬崖上的一棵小草、一米阳光、一只飞燕都是人类难以接近的精灵。村庄背靠着大山，大山陪伴这村庄，赐予源头活水，赐予无限生机，让过往人世的旅客领略生命的精彩，领略自然的神奇。

2015 年 5 月 6 日

村庄是安静的，这里没有工厂的喧嚣，没有机动车辆的响声，没有拆迁房屋的热潮。坐在这鳞次栉比的老房子前，只听见鸟儿的歌唱，它们盘旋在屋顶，站立在屋檐上，自由而欢乐。老房子是石头砌墙，黑色的屋瓦整齐地盖在房顶。细数房顶层数，有八九层之多，建造者用多层次的立体感来体现房子的价值。在那久远的年代里，富农家的少爷是多么渴望走出这闭塞的院落。檐头都有翘起一角，也许是迎接好的风水。屋檐下面两尺见方的长方形孔洞，大概是过去做武装防备的地方。一座这样的院落住着一个大家庭，大家在这城堡式的房子里生活。最底层的屋檐下有一根横梁，上面雕龙画凤，呈吉祥之意。更低的一层就是围墙了，围墙也是石头墙，上面有一部分青砖，紧闭的木门似乎告知房子还在与世隔绝中。门口还贴着新春的对联，"山水画中观古砚，桃花源里度新春"。屋前堆放的石头，石缝里也长出了小草，给这老房子带来了生机。整座房屋后面，是石头围成的菜园。那一棵棵白菜肥壮碧绿，竞相生长。拐角的那面墙上，挂满了帘子一般的花蔓，诉说这美丽季节的祥和。远处的另一座老房子，外观就是一座碉堡。那么大的房子，屋后竟只有一扇小门。雕花的木窗户在阳光下格外显眼。屋前一片翠竹，也许寓意主人渴望节节高的生活。这皖南的农村，以她独特的静谧展示现代的文明，以她悠久的建筑史吸引过往的游客，以她纯朴的民风感动候鸟般的人群。远方的风景并不一定要浓妆艳抹，最原始的朴素给予我们最真实的感动。

2015 年 5 月 7 日

走出溪水潺潺的村庄，沿着花香漫径的小路，高耸入云的南屏山，离游客越来越近。那山脚下的老房子门口，大黄狗端坐着，一点也没露出凶猛的样子，穿过的桑葚园，桑叶碧绿圆润，微风吹拂，碧波荡漾。上山的路很窄，崎岖不平，山坳里的菜地，整理得很出色，锄草的大妈，用惊讶的目光打量着来客。这山林如此寂静，独行的游客让他们有些好奇。曲曲折折的山路，美不胜收的风景，是那山腰上清澈的池塘留住了行人的脚步。这是一个近似圆形的池塘，四面绿树环抱，树丛中盛开着无名的野花，塘边还浮着几处枯萎的竹竿，两

三处都有零星的石头浮出水面。偶尔还在树丛中显露一簇翠竹，偶尔还有小虫子低吟浅唱，偶尔还有鱼儿激越地跃出水面。只有林中的鸟叫声一直没有停歇，像一支有和弦伴奏的乐队，此起彼伏，互相呼应。它们是山林的天使，歌咏着这绿色的世界，歌咏着这人迹罕至的宝地，歌咏着这还没有被破坏的自然。坐

在池边远望，南屏山似乎可以任意触摸。山峰一座连着一座，大山沉默，山顶上的大树岿然不动，似乎听不见游客的大声疾呼。这屹立山头的迎宾树，是否感受到了千里迢迢来膜拜你的游客的虔诚。这高耸入云的悬崖峭壁，是否感应到热爱生活的人们的激情。这变换颜色的连绵不绝的山峦，是否会把你秀美绝唱的音符编写到灵动的生命。大山依然沉默，用威武的姿态展示着庄严的美，展示着俏丽的美，展示着冷峻的美。似乎只有头顶的白云懂得大山的心事，飘荡的白云，自由自在的白云，任意东西的白云懂得，那滋润大山的风霜雨雪铸就大山的魂。南屏寺院的钟声传来，那悠远的浸润，无言的感动瞬间溢满心间，流连忘返的游客已经拥有世界上最单纯的幸福。

2015 年 5 月 8 日

昨天下了一场暴雨，清晨推开窗户，感觉空气带着泥土的气息，远山出现奇景。蒸腾的雾气如一条玉带，环绕在半山腰，增加了大山神秘的美感。信步走出村口，走过涨满雨水的小溪，走过古老的水车旁，走过八角亭前，一块块平行的石头铺成路，欢迎游客来到荷花池旁的后花园。如果荷花池是妙龄的少女，那后花园是俊朗的小伙。大雨过后，花丛中，枝叶上水珠连连，呈晶莹状，偶尔微风拂过，滚落地面的水珠运动得悄无声息。一棵棵高大的樟树站立在后花

园，四季常绿的身影诉说着美的尊严。樟树枝像是被人修剪过，它仰望着蓝天，蓬勃地生长。后花园的四周是高过人头顶一点点的整排杉树，整齐而有生机，他们是着上绿装的迎客杉，细细的树针上有雨淋过的痕迹，还有几处地方布满了蛛网。樟树和杉树间有一些叫不出名的风景树，有的叶片簇拥，有的树枝散开，她们美得与众不同。小鸟儿叽叽喳喳，悦耳动听。它们时而飞上枝头，时而飞过树顶，带来动静结合的和谐。雨后的蝴蝶翩翩，在树底下，在草丛中，在石缝边，一群群行动，像是到后花园来赶集一般。后花园石头林立，除了四通八达的石板路，每一处分开的小地方都竖立着石头。这边两块石头互相依靠，竖起的一块长满青苔，横卧的一块形状奇特。那边有五块石头并排在一起，有圆形的，有菱形的，石头中长出一束小草隔开它们，可它们还是团结得那样紧密。石头和石头中间还会有几条石凳，恰到好处地提醒游客小憩。后花园面临荷花池，背靠着农田，远一些的背景是村庄，更远一些的背景是巍峨的大山。在这凉爽的五月，后花园以它独特的秀丽接待成群的游客，让人们感觉风景十分熟悉，却又拥有许多新意。行走在后花园的石板路上，没有一点点来自异乡的孤独，小村以她温暖的美感，以它真挚的情谊贴心的关怀每一位远方的来客。

2015 年 5 月 9 日

　　大约二十分钟的车程，大巴车把我们带到了另一写生基地西递。这里已经被评为全国 5A 级旅游景点。入园后映入眼帘的是一个漂浮睡莲的池塘，池塘呈不规则的梯形，竖长的一边是风格迥异的建筑群，竖长的另一边靠近山坡，小路旁种着一排桂花树，树与树之间有一簇簇红色的绿色的盆景，树下有许多学生在写生。几棵枝繁叶茂的大樟树，远望呈鸟巢状，碧绿和浅绿色相间，带给游客细腻柔和的美感，像质感很好的绿色碎花裙子穿在妙龄少女身上，锦上添花一般站立门楼旁。梯形的下底是一条曲径通幽的小路，路边簇拥着好看的盆景。路基旁有一个石头雕刻的门楼，门楼上刻着"滁州刺史"四个字，整个门楼有两层楼那么高，石雕的麒麟，石雕的花窗，石雕的檐角，岁月的长河已经把石头粉饰成墨色。门楼有三个门组成，每个门的底部都有一块巨石撑持。在暖阳下，古老的门楼散发着书香门第的气息，寓意着村庄的繁荣的前景。这始建于明朝的建筑物也是保存得非常完整的历史文化古迹。池塘的睡莲此刻正开放，白色的莲花，黄色的莲蕊，绿色的莲叶相互映衬，圣洁的睡莲像刚出生的婴儿，散发着体香，纯净的躯体让人顿生怜爱。羞涩的含苞待放，怒放的饱含着水珠，那层层洁白的花瓣，在池塘中绽放着出淤泥而不染的美丽。一阵微风吹拂，颤栗的荷叶似乎听懂了人们的赞美，欢呼着拍打着节奏。风吹皱了池水，圈圈的涟漪在阳光下波光粼粼，把睡莲都吹向了池塘的一边。西递的美景，有了许多人文的意识，把天然的景色加入巧夺天工的布置，也是另外的一种情趣。这里人潮如织，热闹非凡，没有静心的底蕴很难感受到与众不同的美感。静坐池边，热闹是别人的，在鸟语花香的五月，睡莲的沉默带着花的禅语，已送给游客三生的幸运、吉祥的感动。

2015 年 5 月 10 日

昨夜电闪雷鸣，西递村以一种比较夸张的欢迎仪式接待远方的客人。早晨推开窗户，外面雨依然下着。天空像水洗过一样的干净。撑一把雨伞，走出皖南花香农家院落，走过柏油马路，走过西递村口，走过盛开睡莲的池塘，坐在靠山的园亭里，听雨，听潺潺流水声，听游客发现奇观的欢呼声。小桥流水边的稻田里，颗粒饱满的油菜昂首雨中，这植物的疏密相间，恰到好处地让它们互相撑持，一阵风吹过，一丝凉意掠过，油菜梗却在田间不停点头致谢，似乎在感谢风雨中远方来客的陪伴。田野也并不全是油菜籽，有些地方种上了盆景，有些地方种上了花卉，有些地方种上了风景树，有些地方长满了黄色的野菊花。无论在阳光下，还是在风雨中，整个画面的色彩都搭配得十分和谐，就连树的高低粗壮，都是别样的搭配合理。浓绿的，墨绿的，枝叶繁茂的，枝干稀少的，三三两两站立在一起，成为赏心悦目的景点。徽派的建筑在世界建筑史上享有盛名，这雨中林立在稻田边的房舍，显得更有特色。依然是黑瓦灰墙，依然是檐头翘起，依然是屋顶风格各异，依然是宫锁沉香般的围墙。就连围墙上的花窗，也各有特色，有菱形的，有圆弧形的，有方形的。西递的村民，大都还是让自己的房屋保留了古老民居的特点。风雨中让人休憩的园亭，它也沉醉在雨水的滋润里，忘记了遮挡风雨的重任。园亭后的大山，在雨中陶醉在绿海，翠绿的樟树长在山坡，浓绿的茶树长在山腰，秀丽的松柏长在山顶。只有山顶上的树

干清晰可见，她们和头顶的云霞做伴，她们和天际的鸟儿招呼，它们的美丽摇曳着登山者的梦。高低起伏的山峦环抱着村庄，环抱着农田，环抱着小桥流水。在这静谧的世界，在这绿海般的农庄，在这五月的雨声中，游客们回归自然，洗尽尘埃天真地走了一趟皖南。

2015 年 5 月 11 日

　　世界文化遗产基地宏村，我们来了。这始建于南宋的村庄，当初是无法想象今日的热闹非凡的。在苍翠山峦的环抱中，宏村是惊艳四座的秀丽村姑。虽然已经有了八百多年的历史，宏村还是以安逸文静的面貌出现在游客面前。人文的景观虽然别致，但最让人喜欢的是微波荡漾的南湖。秀美的南湖是一张大弓，弧线的部分是一棵棵枝繁叶茂的樟树。那两三层楼高的樟树开枝散叶，旁逸斜出的树枝独自成一簇绿景，甚至树干上都缠满了细细的绿叶。清晨的南湖边凉风习习，樟树枝舞动婆娑，倒映在湖心的树影晃荡。湖中心的小径是悬在弓上的长箭，小径上的小拱桥是箭头上的图案，据说李安导演拍摄的《卧虎藏

龙》就曾在这小拱桥上取景。弓的直线是古老的徽派建筑群。南湖书院是湖边最有代表性的建筑，它始建于1814年，是宏村汪姓的免费学堂。这高大气派的木房子已经有两百多年的历史，空旷的大厅仿佛在诉说过去的辉煌历史，琅琅书声犹响耳畔，手持戒尺、摇头晃脑的私塾先生安坐厅前，细一端详，人杳声寂，恍惚有隔世之感。南湖书院的后院里，一棵看似枯萎的老树，树干上竟长满了细密的绿叶，看不到树枝，走上前抚摸大树，那裂开的皱纹在绿叶间沟壑纵横。静坐南湖边的石阶上，看浣洗大嫂在棒槌里展示对生活的热望，看写生的美院学子在书画里表达对生活的理解，看来自祖国各地的游客在美景里陶醉对村庄的厚爱，看远山或浓或淡的绿意在白云下骄傲地呈现。虽然气温比外面低了好多，也寻不到柳永"杨柳岸晓风残月"的踪迹。人山人海，已经敲醒了村庄的晨梦。这人杰地灵的小村庄，还是让她的静谧、祥瑞保存得更长久一些吧！

2015 年 5 月 12 日

梦寐以求的黄山，我们来了。一

尘不染的天空，悬在山崖边的盘山公路，挂在对面悬崖的小瀑布，漫山遍野的迎客松，怪石嶙峋的石头峰，来自世界各地的游客。虽然不是节假日，登山的游客却人山人海。年轻的女人带着幼小的孩子，年迈的老奶奶拄着拐杖，大家拼足劲前行，都想一睹黄山的风采。这一棵棵傲立山间的迎客松形态各异，有的倾斜着身姿，像彬彬有礼的服务先生；有的矗立山崖壁，似无畏的勇士吸收大自然的甘霖；有的在翠竹中独树一帜，像舞动青春风采的时尚青年；有的在亭子旁郁郁葱葱，站立成一把天然的大伞欢迎远客；有的几棵长在一起，枝叶互相呼应，像一支乐队在演奏动听的和弦。这满山数也数不清的迎客松，带给游客不断的惊喜。乘坐云谷索道，一个个山头在云海中漂移，一棵棵迎客松在脚下倏忽远离，一处处险峰让人眼前一亮。黄山的奇松、怪石、云海让人拍案惊奇叫绝。今日的天气晴好，能见度非常高，站在云谷索道出站口，浏览墨线似的远山，细观近处的险峰，惊心动魄却又美不胜收。独自倚靠高山上的栏杆，看飞鸟翱翔远去，看巨石上淡定的迎客松，看悬崖石块夸张的缝隙，看峡谷的苍翠，看蓝天白云，有恐高症的自己今天又一次战胜自我。无限风光在险峰，身临其境的感觉还是来得真实而感性。

去下一个景点要走一段古老的石阶，斑驳的麻石表面凸起处都被鞋底磨得光溜溜的。石阶左边有盛开的杜鹃花，常绿的樟树，层层叠叠的峭壁，右边是木头护栏，下面是深不可测的山谷。前面的一位老先生健步如飞，气不长出，经打听已经是七十九岁的高龄。沿着石阶继续前行，所到之处都是阳光晴好下的美景，也有腿受伤和自己一样坚持前行的旅客，大家相视一笑，心意瞬间领会。悦耳的鸟叫声在山林里此起彼伏，小松鼠旁若无人地跳跃，林中疾风吹过，护栏边的巨松纹丝不动。老人的刚毅和老树的傲岸给人们更多的启发，风雨欲来的每个人生路口，是否能安然置身事外，坦然面对风云变幻。

返程的索道，更加惊险。缆车在风起云涌的山峦晃悠，越过险峰，越过峡谷。玉屏楼的迎客松，以千年高龄迎送南来北往的游客，迎来日新月异的中国梦。皖南的旅游业，名闻天下，这块人杰地灵的山水宝地，依托大自然的鬼斧神工，高耸入云的瑰丽奇景，已经深深地打动仰望高山的每一位客人。黄山画卷的精美作品是书画界的瑰宝，这巍峨苍翠的名山成了名副其实的文化之山。

毕业赠言

你们来过我的生命里，所以我想在你们心底留下痕迹。多么希望能够成为你们的良师益友，多么希望你们在学院快乐地学习，多么希望你们将来能过上自己想要的生活。益阳职院底蕴深厚，环境优美，树木苍翠，书香浸润，是个培养人才、适合读书的好地方。学院也在发展阶段，住宿条件有待改善。老师们课务繁忙，教学条件也要改善和提高。两年半的时间，我们朝夕相处。老师得到了你们的关心和尊重，得到了你们的爱和理解，感受到了你们的活力和朝气。你们是环艺专业的艺术生，将会用自己的艺术专长美化你们到过的每一个地方。你们是创造自己生活的艺术生，将会靠自己的人格魅力去融洽你的工作和生活。人生的舞台，会让每一个人表演得淋漓尽致。老师心怀愧疚，自己才疏学浅，教育不到位的地方望你们自己觉醒。每一位同学都要有一点文学情怀，保持童心能让你们拥有生命的活力。每一位同学都要有创新的火花与探索的欲望，探索创新能让你们拓展生命的深度。每一位同学都要有哲学的头脑，哲思能让你们修正自身的错误。

离别的日子逼近，我们没有伤感，只有祝福，只有衷心的祝福。祝福我的学生用艺术的魅力幸福一生，快乐一生，无悔一生。天空不曾留下我的痕迹，但我已经飞过——这是飞鸟的洒脱。你们从我的心空中飞过，在我的心里留下了美丽的痕迹——这是我的福气。感谢生命里的这段美好时刻让我们有缘相随。

编书的那些事

2015年，我和两位专业课老师带着益阳职院14级环艺班的58名学生，前往江西婺源、屏山，安徽西递、宏村、黄山等风景区写生。历时二十二天，行程两千多公里。

到达江西的第一天，我在婺源的沱江乡摔伤了腿，有两天时间不能下楼。那里十分偏僻，拍X光片的地方都没有，我不敢告诉家里人，怕他们强行接我回家。晚上，住在异乡的酒店，我痛得眼泪直流，我甚至都害怕，会不会客死他乡。后来，教专业课的成老师给了我一瓶抹伤口的药，深圳的闺蜜天天发美文让我欣赏，我在异乡的旅馆得到了一丝慰藉。两天后，我步履蹒跚跟学生一起看风景，过往的游客看我瘸着腿，都十分惊讶。后来去景德镇，写生基地余总的儿子带我拍了X光片，医生说仅是扭伤了筋，没有危险，可是要疼较长一段时间。康复的过程是缓慢的，我只有在风景地悠游时，才会暂时忘记疼痛。

于是，我每天都写游记，在一个景点一待就是两三个小时，返校时，竟完成了二十二篇游记。师生一行外出写生，平安返校，游记真实地再现了我们的生活点滴与身边美景。

2016年下学期，环艺班学生要离校参加社会实践，我们师生一起，开始编写《走进徽州 放飞梦想》的系刊。怎么编书，我们一头雾水。深圳的闺蜜提醒我，你可以找一本类似的杂志做范本，学习做封面封底，学习做目录设计。她的话让我眼前一亮，三天后，我们师生五人加班制作了薄薄的初稿。我发电子稿样刊请公关学院的王教授初审，教授建议我除了自己的游记，还可以补充其他专业课老师的一些作品充实一下系刊内容。

第二天，我找到教素描的成老师，他写的《屏山之夜》宛如其笔下的中国水墨山水画，美得清新、简约，层次分明而又意境深远。第二轮电子版初稿完成后，我把我想编书的想法告诉了系部领导。系主任冯教授和书记胡教授都积极支持，特别是在看了我印刷好的样刊后，还建议我加进学生的美术作品作插图。

我把领导们的建议与学生进行了沟通，一想到自己的作品有可能编进系刊，并且作为一件刊物永久留传下来，这些大孩子们都是眉飞色舞，兴奋不已。他们把平时学到的电脑知识发挥到了极致，迅速动手制作，一张张饱含学生灵感和思想的精美页面逐步成型。但这些页面的设计因为没有统一格式，所以显得有些凌乱，系主任提醒我们找系部的计算机专业人才胡老师指导，统一一下个人页面设计的模板，这已是第四版了。

我把电子版发给在外地读大三的女儿，孩子给我提出了很好的建议，她说："游记是过去的记录，美术版个人页面展示学生个人的艺术特色，你作为辅导员，还要在书的内容里有展望未来的寄语。"想到要离开学院离开我的学生，朝夕相处的两年时间让师生结下了美好情缘。我把不舍留在心底，把寄予学生的厚望演绎成文字，这样，书的内容又多了临别赠言。

五次易稿，刊物基本成型。学生离别在即，谁帮我写序，谁帮我审稿，谁帮我印刷，一连串的难题围绕着我。正在焦头烂额之时，偏又接到父亲病危的通知。整整一个星期，我都陪在医院，照顾、护理、谈心、安慰。心脏病患者，陪护工作十分重要。当着父亲的面，我一直保持微笑。背转过身去，我泪珠儿在眼眶里打滚。父亲是慈父，是恩师，是资深语文教师。我的学生在学院等着我，我的新书在电脑里等着我。我对自己说，含着眼泪奔跑的人，是大写的人。我一定要坚强，咬紧牙关挺住，让父亲走出心脏病危及生命的阴影，让我们全院师生多月辛苦的付出结出甘甜的果实。

感谢我的学长——资阳区文联副主席夏汗青老师，不仅为我们的新书欣然作序，还兴趣盎然地给全院学生做了一次精彩的文学演讲。农民作家登上高校讲堂，一时成为益阳文坛佳话。市委宣传部把这个活动纳入益阳市"六个一"文化工程推介，本地多家媒体采访了夏主席。

如果新序作成算是第六次改版的话，那么，我校学报主编罗孟冬老师校稿定稿应该是第七次改版了。定稿后我去找印刷厂，去了四五趟。有一次去印刷厂，返校时又跑了广告制作公司，下车时头碰到车顶，起了个大疙瘩，痛得我弯着腰，不能稳稳地走路。回宿舍室友包了饺子，要我吃，可是我头晕得很厉害，怎么也吃不下。我那天下午哪里都没去，整整躺了四个多小时，没有碰成智力障碍者还是我的福气。

书的印刷费用也让我头痛。因为是生信系的内部刊物，不能公开发行，院部不会提供费用资助。但箭在弦上，不得不发。关键时刻，系部慷慨出手，请联合办学单位的谢总解了我燃眉之急，书的印刷质量也得到了保证。

第八次改版就成型了纸质书，拿回来给胡书记看，给蔡院长看。他们又提了一些意见。

最后开印之前的定稿，是我跟广告公司的老板一起，一个版面一个版面校核。广告公司排版不像印刷厂，有些汉字版面上没有。审来审去，可能还会漏掉什么。只隔半个月学生要离校了，我们把书送到长沙开印，环艺班的毕业照也印到了书的首页。一周后，新书送到学院。学生人手一本，图书馆存放四本。

我们的书虽然是系部刊物，但是每一个环节我们都没有马虎。这本书凝聚了环艺师生的心血，凝聚益阳职院教师群体的心血。我们的新书得到了学生和老师的一致好评。虽然我也清楚知道我们的书还有瑕疵，但当我把它拿在手里，我感觉到了拥抱新生儿的欣喜。我的伤痛、我的眼泪、我的遭遇都变成了过往烟云，变成了丰富的精神食粮。在成书的路上，我们师生一路辛苦，一路逍遥。我们把最美好的时光凝聚成暖阳，照耀着每一个读者的心田。